LES

DEUX ORPHELINES

DRAME

Représenté, pour la première fois, sur le théâtre de la Porte-Saint-Martin,
le 29 janvier 1874.

146

NOUVELLE ÉDITION

LES
DEUX ORPHELINES

DRAME

EN CINQ ACTES ET HUIT TABLEAUX

PAR

MM. A. D'ENNERY & CORMON

PARIS

TRESSE, ÉDITEUR

GALERIE DE CHARTRES. 10 ET 11

PALAIS-ROYAL

MDCCCLXXIV

Tous droits réservés

PERSONNAGES

PIERRE	MM.	TAILLADE.
LE COMTE DE LINIÈRES		LACRESSONNIÈRE.
LE CHEVALIER DE VAUDREY		RÉGNIER.
JACQUES		LARAY.
LE MARQUIS DE PRESLES		FRAISIER.
DE MAILLY		RENOT.
D'ESTRÉES		ROLLE.
PICARD		VOLLET.
LE DOCTEUR		MANGIN.
MARTIN		MACHANETTE.
LAFLEUR		MURRAY.
PREMIER HOMME DU PEUPLE		EMROL.
DEUXIÈME id.		LANSOY.
UN CHANTEUR DES RUES		EMILE.
UN SERGENT		NÉRAUT.
LA COMTESSE DE LINIÈRES	Mme	DOCHE.
HENRIETTE	Mlles	DICA-PETIT.
LOUISE		ANGÈLE MOREAU.
MARIANNE	Mmes	LACRESSONNIÈRE.
LA FROCHARD		SOPHIE HAMET.
SOEUR GENEVIÈVE		DAUBRUN.
FLORETTE		MURRAY.
JULIE	Mlle	FLORY.

S'adresser pour la mise en scène à M. RIQUIER, régisseur général du théâtre de la Porte-Saint-Martin.

LES DEUX ORPHELINES

ACTE PREMIER

La descente du Pont-Neuf du côté de la rue Dauphine. — A droite, le quai
des Augustins ; c'est là que descend le coche de Normandie. — A gauche,
un cabaret formant l'angle du quai Conti. Quelques arbres abritent des tables.
— Au fond, des baraques occupées par des marchands. — Au lointain, la
vue de Paris, rive droite de la Seine, éclairée par un beau coucher de soleil.

SCÈNE PREMIÈRE

BOURGEOIS, GENS DU PEUPLE, SEIGNEURS, MARCHANDS
AMBULANTS, MENDIANTS, BUVEURS, attablés à la porte du
cabaret, puis LA FROCHARD.

Tableau très animé. — Des chaises à porteurs traversent le quai au milieu de la
foule qui va et vient en tous sens. — Un chanteur, monté sur une borne,
est entouré d'hommes du peuple, de femmes et d'enfants. Il achève le refrain
d'une chanson ; la foule applaudit.

LE CHANTEUR.

Demandez: La Pipe cassée, la Grenouillère, les Marquises
de la Halle, deux sous.

CRIS DIVERS.

Chiffons à vendre ! Merlans à frire, à frire ! Voilà le plaisir,
mesdames, voilà le plaisir.

UNE MARCHANDE, avec un éventaire et un fourneau.

Ça brûle, ça brûle ! En faut-il des belles saucisses ? ça
brûle !

1

LA FROCHARD, arrêtant les passants et d'une voix pleurarde.

La charité, s'il vous plaît, mes bonnes âmes du bon Dieu. N'oubliez pas une malheureuse infirme, qu'a sept enfants à nourrir. (Une petite fille conduite par sa mère lui fait l'aumône.) Merci bien, mon petit ange, que le bon Dieu vous le rende en bénédictions. Amen.

SCÈNE II

LE MARQUIS, LAFLEUR, vêtu en vieux bourgeois, puis DE MAILLY, D'ESTRÉES.

LE MARQUIS.

C'est bien ici que je devais trouver Lafleur.

LA FROCHARD.

La charité, s'il vous plaît ?

LE MARQUIS.

Allez au diable !

LA FROCHARD.

Que le bon Dieu vous le rende, mon doux seigneur.

Elle sort.

LE MARQUIS, regardant autour de lui parmi les groupes de passants.

Je ne l'aperçois pas. Le drôle s'aviserait-il de me faire attendre ?

LAFLEUR, s'approchant tout à coup et saluant.

Je suis aux ordres de monsieur le marquis.

LE MARQUIS.

Du diable si je t'aurais reconnu. Déguisé de la sorte, tu as une tournure d'homme respectable. Ecoute-moi... Il s'agit aujourd'hui de montrer ce dont tu es capable.

LAFLEUR.

Monsieur le marquis sait bien que je suis capable de tout. Quant au bon bourgeois qui, m'avez-vous dit, doit attendre les petites voyageuses, je n'ai encore rien vu qui eût l'air de lui ressembler. Mais je le guette et s'il arrive jusqu'à elles, il sera malin.

De Mailly et d'Estrées qui paraissent au fond pendant cette réplique se sont arrêtés en voyant le marquis.

DE MAILLY.

De Presles !

D'ESTRÉES.

En effet .. c'est bien lui.

DE MAILLY, s'approchant.

De Presles, au Pont-Neuf !

LE MARQUIS, se retournant.

Eh ! bonjour, messieurs ! Quelle heureuse rencontre ! Et que faites-vous par ici ?

DE MAILLY.

Nous venons de manger des huîtres au *Cœur-Volant*. Mais toi-même, mon cher, je te croyais bien loin, courant à la fois le cerf et l'héritage de ta vieille tante.

LE MARQUIS.

Je n'ai attrapé ni l'un ni l'autre.

DE MAILLY.

Vraiment ?

LE MARQUIS.

Le cerf fuyait trop vite, et l'héritage venait trop lentement.

D'ESTRÉES.

Et comment se fait-il que nous te trouvions sur cette place ?

LE MARQUIS, avec intention.

C'est qu'ici descend le coche d'Evreux... et que dans ce coche se trouve...

D'ESTRÉES.

Quelque belle voyageuse ?

LE MARQUIS.

Précisément... Une jeune fille adorable, un trésor de grâce, de charme et de beauté. Je l'ai vue quelques minutes à peine dans son petit costume de provinciale, et j'en suis amoureux fou !

D'ESTRÉES.

Ah bah !

DE MAILLY.

Conte-nous donc cela.

LE MARQUIS.

D'abord, mes très-chers, vous savez que j'étais parti sur l'annonce de la fin prochaine de ma pauvre tante. Je m'ennuyais à périr dans le château de mes ancêtres. Une véritable prison au milieu des bois, où j'avais, pour toute société, le curé, le bailli, et pour distraction, le reversi et le whist. N'importe, j'attendais... patiemment la fin de cette cruelle maladie. Bref, elle est arrivée, la fin... et ma tante dont l'état devenait chaque jour de plus en plus... (Tristement) Eh bien ! ma tante !... elle est guérie, mes amis, elle est... tout à fait guérie !

TOUS, désappointés.

Ah !

LE MARQUIS.

Ah ! je ne lui en veux pas ! La pauvre chère femme a fait tout ce qu'elle pouvait ; au lieu d'un médecin, elle en avait pris trois... et je n'ai rien à lui reprocher.

DE MAILLY.

Non certes.

D'ESTRÉES.

Et une fois la tante rétablie ?...

LE MARQUIS.

J'ai pris des chevaux de poste, et je suis reparti.

DE MAILLY.

Fort bien. Mais la petite Normande ?

LE MARQUIS.

C'était aux environs de Rambouillet. J'avais jeté quelques écus au postillon pour qu'il franchît au galop une montée assez rude, quand il fut contraint de ralentir le pas, parce qu'une lourde voiture refusait de dégager la route. C'était le coche de Normandie. Furieux, je descends et je m'apprêtais à cravacher le conducteur, lorsque j'aperçus à la portière une petite tête blonde avec des yeux, et une fraîcheur et un sourire...

D'ESTRÉES.

Tu ne pensais plus à passer outre.

LE MARQUIS.

Au contraire, j'ordonnai de suivre et, au premier relai, pendant qu'on changeait de chevaux, je vois mon apparition qui s'apprêtait à descendre pour prendre l'air. Je me précipite, j'offre la main, on me remercie de la façon la plus gracieuse ; je hasarde quelques banalités pour tâter le terrain ; j'avais craint de me heurter à quelque niaise, mais point, j'étais en présence d'une charmante jeune fille qui me répondait avec une simplicité, une aisance et un esprit adorables. Bref, j'ai su qu'elle allait à Paris avec sa sœur, qu'elles n'y connaissaient personne, et qu'une espèce de vieux bourgeois, à qui elles avaient été recommandées, devait les recevoir à leur arrivée.

D'ESTRÉES.

Voilà qui nous explique ta présence au Pont-Neuf.

DE MAILLY.

Et après?

LE MARQUIS.

Après? Venez tantôt à mon pavillon du Bel-Air; vous y trouverez de joyeux compagnons, des cartes, quelques demoiselles de l'Opéra et un souper qui, je l'espère, ne sera pas indigne de vous. C'est le verre en main que je vous conterai la fin de mon roman... s'il doit avoir une fin.

D'ESTRÉES.

C'est convenu.

DE MAILLY.

Ainsi donc, bonne chance, et à ce soir.

LE MARQUIS.

A ce soir.

Lafleur paraît au fond.

LAFLEUR, bas au marquis en lui montrant un vieux monsieur qui est entré depuis un instant et qui s'arrête devant le bureau du coche.

Je crois que voilà notre homme.

LE MARQUIS.

A tout prix il faut nous en débarrasser.

LAFLEUR.

J'en fais mon affaire.

Le marquis rejoint ses amis et s'éloigne avec eux.

SCÈNE III

LAFLEUR, MARTIN.

MARTIN, regardant l'heure à sa montre.

Six heures, je suis en avance.

LAFLEUR, s'approchant de lui.

Monsieur attend sans doute, comme moi, l'arrivée du coche d'Évreux?

MARTIN.

Oui, monsieur, j'attends deux jeunes filles, deux orphelines qui me sont inconnues.

LAFLEUR.

Ah! fort bien...

MARTIN.

Elles nous ont été recommandées par le frère de ma femme, qui nous a priés de veiller sur elles.

LAFLEUR.

Ce sera une grande sécurité pour ces jeunes personnes.

MARTIN.

Et une grande distraction pour nous... pour moi principalement, quand on vit de ses petites rentes, dans un troisième de la rue Guénégaud.

LAFLEUR.

Ça n'est pas gai.

MARTIN.

Seul, vis-à-vis de sa femme.

LAFLEUR.

C'est triste. Eh bien, cher monsieur, je crois que nous avons une bonne faction à faire, car le cocher n'arrivera qu'à huit heures au lieu de six.

MARTIN.

Vous croyez?

LAFLEUR.

Je viens de m'en assurer au bureau, à l'instant même. Un gentilhomme, qui est arrivé en poste, a bien voulu prévenir qu'un essieu de la voiture s'est rompu, et qu'un retard de deux heures sera la conséquence de cet accident.

MARTIN.

Comme c'est désagréable! Que faire pendant deux heures?

LAFLEUR.

Aimez-vous le piquet?

MARTIN.

Je l'idolâtre, monsieur, mais ma femme ne peut pas le souffrir. De plus, j'ai horreur du tric-trac; mais comme ma femme l'adore, j'ai à l'heure qu'il est vingt-cinq ans et demi de tric-trac!

LAFLEUR.

Eh bien, si nous entrions là, faire un cent ou deux, pour jouer la consommation?

MARTIN.

Oui, je... je le voudrais bien... mais je craindrais, en nous éloignant...

LAFLEUR.

Le garçon nous préviendra de l'arrivée de la voiture.

MARTIN.

Ah! oui, c'est essentiel... car, pour rien au monde, je ne voudrais...

LAFLEUR.

Fiez-vous à moi, je n'ai pas envie de manquer le coche.

MARTIN, riant.

Ah! ah! ah! monsieur, vous êtes gai, j'aime ça! Ce n'est pas comme ma femme... elle est si...

LAFLEUR.

Vraiment?

MARTIN.

Excellente personne!... mais bien agaçante.

LAFLEUR.

Il y en a donc comme ça?

Il lui prend le bras pour l'emmener.

LA FROCHARD, qui se trouve sur leur chemin.

Mes bons messieurs... n'oubliez pas...

LAFLEUR.

Je ne donne jamais aux vieilles.

LA FROCHARD.

Décidément, quand on prend de l'âge, adieu le gagne-pain. Faut que je tâche d'en trouver un autre.

SCÈNE IV

LA FROCHARD, PIERRE.

PIERRE, entrant par le fond.

A repasser les couteaux, ciseaux, canifs! A repasser les couteaux!

UN BOUTIQUIER, sortant de sa maison.

Hé! le rémouleur, par ici, mon garçon! J'ai besoin de vous.

PIERRE.

Voilà, voilà, on y va.

Il dépose sa roue à la porte de la boutique.

LA FROCHARD.

Ah! te v'là, toi?

PIERRE.

Ah! c'est vous, ma mère?

LA FROCHARD.

Oui, c'est moi, feignant.

PIERRE.

Feignant! je travaille tant que je peux, mère.

LA FROCHARD.

Tu travailles! Eh! c'est justement ce que je te reproche, propre à rien! C'est maigre, c'est pâlot, c'est chétif. Le bon Dieu y a donné une bonne infirmité! y boite! Et, au lieu de se servir de tous ces biens-là pour mendier, ça travaille! quand ça n'aurait qu'à tendre la main pour gagner trois fois plus.

PIERRE.

Faut pas m'en vouloir, mère, ça m'est pas possible.

LA FROCHARD.

Comment, pas possible?

PIERRE.

Quand j'étais tout enfant, vous me preniez avec vous; je redisais, sans les comprendre, les paroles de mendicité que vous m'aviez apprises, jamais je ne tendais la main, et c'est vous qui receviez les aumônes. Plus tard, vous m'avez dit: Te v'là assez grand, va mendier de ton côté, et je m'en suis allé. J'étais seul, pour la première fois, je marchais tout désorienté, et je me suis arrêté sur cette place, où nous venions chaque jour. Je me suis agenouillé là... et j'ai essayé; mais les mots, que je comprenais cette fois, ne voulaient plus sortir de ma bouche; et quand il s'est agi de tendre la main, comme je vous l'avais vu faire, j'ai senti en moi comme un mouvement de souffrance et de colère. *(Tendant la main.)* Tenez, vous voyez ce geste-là, eh bien! y me fait mal jusqu'au fond du cœur. Quand je tiens comme ça la main ouvèrte, et qu'on met un son dedans... c'est comme si on venait d'y poser un poids de deux cents livres. Mon bras retombe comme de lui-même ! et sans que je comprenne pourquoi, j'ai des sanglots à la gorge et des larmes plein les yeux. Je ne peux pas mendier, ma mère, c'est plus fort que moi. Je ne peux pas, je ne peux pas !

LA FROCHARD.

Sans cœur, va!... T'aimes mieux laisser ta mère dans la misère.

PIERRE.

La misère! mais puisque ça rapporte tant, l'aumône, et que le courage ne vous manque pas, à vous...

LA FROCHARD.

Je n'ai pas que moi à faire vivre...

PIERRE.

Oui, y a mon frère Jacques... qui n'est ni faible ni infirme, lui, et que vous nourrissez...

LA FROCHARD.

C'est à cause de lui que je voudrais me trouver un meilleur gagne-pain. Il est si beau, mon Jacques, tout le portrait de son père, de mon pauvre mari qu'ils m'ont tué, ces gredins d'hommes de justice.

PIERRE.

Oui, condamné pour meurtre, exécuté en Grève !

LA FROCHARD.

Et c'est pas toi qui le vengeras ! Mon Jacques, à la bonne heure... ce n'est pas un cœur de poulet, lui, rien ne lui fait peur.

PIERRE.

Non, pas même la vue du sang.

LA FROCHARD.

Tais-toi. Tiens, veux-tu que je te dise? Tu n'étais bon qu'à faire un honnête homme, et moi je les z'hais ces canailles d'honnêtes gens. (Reprenant sa voix pleurade et se tournant vers des passants.) Mes âmes charitables, prenez pitié d'une pauvre infirme...

Elle s'arrête et reçoit une aumône.

PIERRE, la regardant s'éloigner.

Elle a peut-être raison. Je n'étais bon qu'à faire un honnête homme. (Tristement.) Mais on ne m'a pas appris!... en

1.

sorte que je suis repoussé par les uns, et malheureux avec les autres... Qu'est-ce que je fais donc sur terre, alors?

Il tourne sa meule.

SCÈNE V

PIERRE, LA FROCHARD, JACQUES

et SES CAMARADES, se tenant sous le bras et chantant ensemble.

CHANSON.

Au cabaret, le samedi,
Allons attendre le dimanche.
Nous y reviendrons le lundi,
Peut-être mardi,
Mecredi, jeudi,
Pour mettre du pain sur la planche,
C'est bien assez qu'on se démanche,
A travailler le vendredi.

JACQUES.

Ah! v' l'à la mère et l'avorton. Est-ce que Marianne n'est pas venue par ici?

LA FROCHARD.

Pas encore, garçon.

JACQUES.

Elle viendra. En attendant, entrez là, vous autres. Commandez la gibelotte, le rouge, le blanc et le cognac, tout le tremblement : c'est moi qui régale.

LA FROCHARD.

C'est toi qui payes, garçon? T'as donc trouvé un magot?

JACQUES.

Non, pas moi... c'est Marianne.

LA FROCHARD.

Ah! et... quoi donc?

JACQUES, bas.

Je ne sais pas; mais j'y ai ordonné de trouver et... elle a trouvé. Allons, l'avorton, avance à l'ordre.

LA FROCHARD, l'admirant.

Est-il gai! est-il gentil!

JACQUES.

Des enfants respectueux doivent toujours rendre compte à

maman de ce qu'ils ont gagné dans la semaine. Pas vrai, la
mère ?

LA FROCHARD.

Oui, mon agneau, c'est dans les principes.

PIERRE.

Et quand nous avons rendu compte à la mère, c'est toi qui
empoches le tout.

JACQUES, avec force.

Eh bien ! après ?

PIERRE.

Eh bien !.. c'est injuste... c'est...

JACQUES, le menaçant.

Dis donc, le marchand de morale, quand on me force d'en
acheter, (Montrant son poingt.) c'est avec ça que je paie.

PIERRE.

Oui, je le sais bien. Mais comment as-tu le cœur de me
battre toujours, puisque t'es le plus fort ?

JACQUES.

Est-il bête, l'avorton... Mais si j'étais le plus faible, c'est
toi qui me battrais.

PIERRE.

Non, je trouverais ça lâche...

JACQUES, le secouant vigoureusement.

Allons, assez et comptons... Combien que t'as gagné ?

PIERRE, donnant l'argent à sa mère.

Deux livres, sept sous, six deniers.

JACQUES.

Pour tout potage ? Mazette ! qu'as-tu donc fait de tes
quatre membres depuis huit jours ?

PIERRE.

J'ai battu le pavé du matin au soir, ma boutique sur le
dos, faisant tourner la meule quand je trouvais des pratiques.
Je n'ai mangé que du pain sec et je n'ai bu que de l'eau ; je
ne pouvais pas faire plus.

JACQUES.

C'est un mauvais état que le tien ; faudra que je t'en ap-
prenne un autre.

PIERRE, avec effroi.

Un autre !... toi !... Ah ! non... je ne veux pas !...

LA FROCHARD.

Moi je t'ai *économé* trois livres et dix-huit sous, les v'là avec l'argent du petit.

JACQUES.

L'argent ne me manque pas ; mais je prends tout de même... pour le principe, et je vous emmène aujourd'hui tous les deux au cabaret.

PIERRE.

Merci, j'ai de l'ouvrage à finir et à rendre, et ça me fait mal à la tête de boire.

JACQUES.

C'est vrai ! Tiens, tu me fais quelquefois pitié, l'avorton. Après tout, c'est pas ta faute si tu es petit et mal bâti, si un verre de vin te grise, et si une jolie fille te fait peur. Mais ce n'est pas ma faute non plus si je suis grand et fort, si j'aime le plaisir, le vin, le jeu et les belles femmes. Le travail, c'est ta vie, à toi, ça t'amuse. Moi, je travaille quand je n'ai plus rien à faire, et encore ça m'embête.

PIERRE.

Oui, c'est vrai, pour deux frères... nous ne nous ressemblons guère.

JACQUES.

Toi, c'est le sang d'un agneau qui coule dans tes veines, c'est le sang de notre père qui bout dans les miennes. Depuis cent cinquante ans, excepté toi, l'avorton, nous sommes tous comme ça dans la tribu des Frochard!... Quand le diable a semé sa graine de bandits sur terre, on dirait que son sac s'est crevé chez nous.

LA FROCHARD.

V'là un homme ! Tiens, je t'adore, comme j'adorais ton père, un brigand fini, mais qu'était ben aimable.

JACQUES, prenant sa mère par le bras.

Allons! qui m'aime me suive ; j'ai besoin de me refaire. Allons, venez, la mère.

PIERRE.

Ah! voilà le coche d'Evreux qui arrive. Je vais reporter mon ouvrage et voir s'il y a quelques sous à gagner.

Jacques et la Frochard entrent au cabaret et Pierre dans la boutique voisine.

SCÈNE VI

L'ARRIVÉE DU COCHE. — C'est une lourde voiture avec une sorte de cabriolet en avant. Le milieu est occupé par les voyageurs. Les bagages sont en arrière et dessous la voiture. On voit des caisses, des matelas, des cages à poulets, etc., etc... Dès que la voiture arrive, elle est entourée par des commissionnaires, des mendiants, des parents et des amis qui attendaient les voyageurs. Tout le monde parle et crie à la fois. LE MARQUIS, se tient dans le fond et observe. LAFLEUR reparaît sur la porte du cabaret.

LES COMMISSIONNAIRES.

Faut-il porter vos bagages? Demandez des fiacres, des chaises à porteurs.

LES MENDIANTS.

La charité, s'il vous plaît, mes bonnes dames, mes bons messieurs.

LE CONDUCTEUR.

Gare là, gare! Laissez descendre les voyageurs.

Les voyageurs descendent. Un vieux monsieur et une vieille dame attendus par des jeunes gens qui les embrassent. Une nourrice normande avec un grand bonnet et un enfant qui braille.

LE·MARQUIS, se glissant avec Lafleur.

Eh bien?... notre homme?

LAFLEUR.

Sous la table dès le second verre. J'avais pris mes précautions, comme je les prendrai, au besoin, avec la jeune fille.

LE MARQUIS.

A merveille. C'est elle! regarde-la bien; c'est la plus grande.

LAFLEUR.

Charmante. Je vais chercher mes hommes.

HENRIETTE, se tournant vers Louise, qui paraît à la portière.

Viens, Louise, viens.

LE CONDUCTEUR, à Henriette et à Louise.

Faut-il vous demander une voiture?

HENRIETTE.

C'est inutile, nous attendons une personne qui devait venir à notre rencontre.

Les voyageurs s'éloignent peu à peu pendant le commencement de la scène suivante.

SCÈNE VII

HENRIETTE, LOUISE.

HENRIETTE, conduisant Louise.

Tiens, Louise, voilà une chaise, assieds-toi.

LOUISE, s'asseyant.

Je m'étonne que ce monsieur Martin ne se soit pas trouvé là pour nous recevoir.

HENRIETTE.

Sois tranquille, il viendra. Oh ! que c'est beau, Paris.

LOUISE.

Vraiment ?

HENRIETTE.

Ah ! pauvre sœur !... si tu pouvais voir toutes ces merveilles !... Et comme c'est grand !

LOUISE.

Dis-moi ce que tu vois... Où sommes-nous d'abord ?

HENRIETTE.

Tout près d'un beau pont, avec des petites maisons de chaque côté et une statue au milieu.

LOUISE.

C'est le Pont-Neuf ; papa nous en parlait souvent. Il avait demeuré près de là avec notre mère, avant de se retirer à Evreux.

HENRIETTE.

Ah ! de ce côté on aperçoit deux grandes tours noires, les tours de Notre-Dame sans doute ?

LOUISE, tristement.

Notre-Dame ! C'est là qu'avait été déposé mon berceau ! c'est là que j'ai été recueillie par la charité de celui qui a fait de moi sa seconde fille !... Sans lui, j'allais, presque en naissant, mourir de faim et de froid... et cela eût peut-être mieux valu.

HENRIETTE.

Que dis-tu ?

LOUISE.

Je ne serais pas devenue une malheureuse aveugle, un

objet de tristesse, un sujet de douleur pour tous ceux qui m'approchent.

HENRIETTE.

Louise, ne parle pas ainsi; ne sais-tu pas combien nos parents te chérissaient? Tu as été leur consolation, leur bonheur jusqu'à l'instant fatal où tes pauvres yeux se sont éteints.

LOUISE.

Ce malheur a été suivi d'un malheur plus grand encore; nous sommes restées orphelines.

HENRIETTE.

Et j'ai réalisé tout ce que nous possédions, pour venir à Paris, où il y a de grands médecins, qui rendront aux beaux yeux de ma Louise tout leur éclat d'autrefois.

LOUISE.

Dieu veuille que cet espoir se réalise! Mais ce monsieur Martin qui n'arrive pas...

HENRIETTE.

Il nous attend peut-être au bureau. Allons voir.

On entend dans le cabaret les voix de Jacques et de ses camarades qui chantent et qui rient.

SCÈNE VIII

Les Mêmes, MARIANNE.

Elle vient du fond, pâle et chancelante, et s'arrête en face du cabaret. Le jour commence à baisser.

MARIANNE.

C'est lui que j'entends!... Chante, malheureux! enivre-toi, oublie celle dont tu as broyé le cœur et qui, pour t'échapper, n'a plus qu'une ressource: mourir! La rivière est là, et ce sera bientôt fait. Puisse mon dernier cri de désespoir arriver jusqu'à toi comme une malédiction! Il fait trop jour encore, on me verrait, on me sauverait peut-être... et je ne veux pas être sauvée!... Attendons.

HENRIETTE.

Il n'était pas au bureau.

LOUISE, à Henriette qui regarde autour d'elle.

Et par ici, tu ne le vois pas?

HENRIETTE, un peu inquiète.

Non, pas encore. Mais il y a là une femme qui fait peine à voir, tant elle est pâle, tant elle a l'air malheureuse. Voilà qu'elle se laisse tomber sur un banc; on dirait qu'elle se trouve mal.

LOUISE.

Il faudrait la secourir. Parle-lui, Henriette. Va, va, ma sœur.

Henriette s'approche de Marianne.

HENRIETTE, à Marianne.

Madame... madame... puis-je vous être utile à quelque chose?

MARIANNE.

Non.

HENRIETTE.

Vous semblez bien fatiguée. (Marianne ne répond pas.) Vous souffrez, madame?

MARIANNE.

Oui... oui... je souffre.

HENRIETTE.

Peut-être auriez-vous besoin... d'être aidée... secourue?

MARIANNE, brusquement.

Je n'ai plus besoin de rien.

LOUISE, à part.

De quel ton elle a dit cela!

HENRIETTE.

La misère a aussi sa fierté.

LOUISE.

Il y a dans sa voix quelque chose de sinistre, de fatal.

HENRIETTE.

Madame, regardez-nous et ayez confiance. Nous ne sommes pas riches, mais si nous pouvions vous venir en aide.

MARIANNE.

Je vous l'ai dit, je n'ai besoin de rien, parce qu'il y a des douleurs dont rien ne console, des souffrances que rien ne soulage, parce que enfin...

LOUISE.

Parce que vous voulez mourir?

MARIANNE, se levant vivement.

Qui vous a dit cela ?

LOUISE.

Je l'ai compris, je l'ai senti en vous écoutant. Nous autres aveugles, qu'aucun objet extérieur ne distrait, nous
écoutons avec notre âme, avec notre cœur, et le mien entendait les douloureux battements du vôtre.

HENRIETTE, la soutenant.

Dites-nous vos chagrins, peut-être parviendrons-nous à
les adoucir.

MARIANNE, attendrie et leur prenant les mains.

Vous êtes bonnes ! vous ne me connaissez pas, vous ne
m'avez jamais vue et vous avez pitié de moi... Ah ! mieux
vaudrait que vous ne m'ayez pas rencontrée. Laissez-moi,
ne me détournez pas de la pente qui m'entraîne.

HENRIETTE, la retenant.

Non, restez !

LOUISE.

Restez, au nom du ciel !

MARIANNE.

Mais vous ne savez pas que je suis poursuivie, que les
sergents du guet peuvent retrouver ma trace, et que maintenant je n'aurai plus la force de leur échapper.

HENRIETTE.

Quelle faute avez-vous donc commise ?

MARIANNE.

J'ai volé.

HENRIETTE et LOUISE, effrayées.

Ah !

MARIANNE.

L'argent confié, le fruit d'une semaine de travail, tout ce
que possédait une pauvre ouvrière comme moi, je l'ai volé
pour lui... pour un misérable que je méprise... et que
j'aime !... Tenez !... entendez-vous ces voix avinées, ces cris,
ces rires ? Il est là... avec ses compagnons de débauche !
Loin de lui, la raison me revient, il me fait honte, mon
cœur se révolte et mon amour se change en haine ! Hélas !
dès qu'il paraît, ce mépris, cette haine disparaît. Il me parle
et je tremble ! Il me regarde et je redeviens esclave ! Pour

lui j'ai volé et je crois que je tuerais s'il me disait : Je le veux ! Vous voyez bien qu'il vaut mieux que je meure !

HENRIETTE.

On ne rachète pas une faute en commettant un crime.

MARIANNE.

Mais si l'on me découvre, on m'arrêtera, on me jettera en prison.

HENRIETTE.

Eh bien !... mieux vaut subir une peine de quelques mois qu'un châtiment éternel !

LOUISE.

Quand vous sortirez de prison, vous serez quitte envers les hommes...

HENRIETTE.

Et quand vous vous serez repentie, vous serez quitte envers Dieu.

MARIANNE.

Dieu ! vous croyez donc... qu'il y en a un, vous?

HENRIETTE, avec force.

Si je le crois !

MARIANNE.

On m'a toujours dit à moi, que Dieu n'existait pas.

LOUISE.

Oh ! malheureuse femme !

HENRIETTE, montrant la rivière.

Et voilà où vous conduisaient ceux qui vous ont dit cela.

MARIANNE, hésitant.

C'est peut-être vous qui dites vrai... vous que je devrais écouter...

LOUISE.

Oui, oui, il faut nous croire, et vous rachèterez votre passé, et l'avenir s'ouvrira devant vous plus calme et plus heureux.

MARIANNE.

L'avenir !... que puis-je attendre de lui ?... On m'a chassée de mon atelier ! où trouverai-je du travail ?... et comment vivrai-je jusque-là ?

HENRIETTE, lui glissant quelque monnaie dans la main.

Tenez, prenez ceci en attendant.

MARIANNE.

Non! non!

LOUISE.

Ne nous refusez pas, je vous en prie.

MARIANNE, pleurant.

Ah! vous avez raison, il faut bien qu'il y ait un Dieu là-haut, puisque voilà deux de ses anges qui viennent me secourir.

Elle leur prend les mains qu'elle porte à ses lèvres.

HENRIETTE.

Du courage!

MARIANNE, suffoquant.

Oui, oui... avec ce que vous me donnez là, je quitterai Paris... je le fuirai, lui, mon mauvais génie!... je tâcherai de ne jamais le revoir! En aurai-je la force? je ne sais!... Oh! mais ce que je sais bien, allez, c'est que je voudrais donner ma vie pour vous.

JACQUES, paraissant à la porte du cabaret. — A part.

Marianne!

MARIANNE.

Soyez mille fois bénies... Adieu! adieu!

Elle va pour sortir.

SCÈNE IX

LES MÊMES, JACQUES, puis LES SOLDATS DU GUET.

MARIANNE, s'arrêtant.

Lui!... c'est lui.

JACQUES.

Marianne!

LOUISE, bas.

Que fait-elle?

HENRIETTE, bas.

Elle s'arrête, hélas!

JACQUES.

Où courais-tu comme ça?

MARIANNE.

Je me sauvais de toi... que je ne veux plus voir

JACQUES.

Ah! bah!... tu ne le veux plus, Marianne?

MARIANNE, détournant les yeux.

Non !

JACQUES.

Alors, pourquoi que tu t'arrêtes quand je t'appelle?...
pourquoi que tu te rapproches quand je te fais signe?...
pourquoi que ta main tremble quand je la prends dans la
mienne?

MARIANNE.

Eh bien ! non, je résisterai; j'ai honte de la vie que je mène
et de l'infamie dans laquelle tu m'as plongée.

JACQUES.

Des remords... des reproches... Remets tout ça dans ton
sac, ma fille, et suis-moi.

MARIANNE, dégageant sa main.

Non, te dis-je.

JACQUES.

Je le veux, entends-tu?

MARIANNE, hésitant.

Et moi... je....

JACQUES, avec énergie.

Je le veux... Marion...

MARIANNE, regardant alternativement Jacques et les deux jeunes filles.

Et moi je ne le veux pas; c'est fini, je ne t'obéirai plus.

JACQUES.

Allons donc!... Que je me place en face de toi, les yeux
dans les yeux, et je te tiendrai obéissante et soumise comme
toujours.

MARIANNE.

Jamais.

JACQUES.

Et comment que tu t'y prendras?

MARIANNE, regardant autour d'elle, apercevant les soldats du guet qui
viennent de paraître.

Ah! attends... (Courant au sergent.) Monsieur!

LE SERGENT.

Que me voulez-vous?

MARIANNE.

J'ai volé, arrêtez-moi.

JACQUES.

Hei!n

LE SERGENT.

Que je vous arrête... qui êtes-vous?

MARIANNE.

Une coupable, une femme que vos soldats poursuivaient il y a une heure dans la Cité. J'ai pu leur échapper, mais maintenant je me repens et je me livre : me v'là ! arrêtez-moi.

JACQUES, à part et se mettant à l'écart.

Est-ce qu'elle devient folle?

LE SERGENT.

Mais encore faudrait-il être bien sûr?

MARIANNE.

Je m'appelle Marianne Vauthier, et je vous le répète, je suis poursuivie depuis ce matin.

LE SERGENT.

Eh bien, puisque vous avouez, en route !

MARIANNE.

Partons. (A Henriette.) L'expiation commence, demandez au ciel de me donner le courage de l'achever. (Le sergent et ses hommes sortent emmenant Marianne. Passant auprès de Jacques.) Je te le disais bien que je t'échapperais.

JACQUES.

En prison! est-elle bête!

PLUSIEURS VOIX, dans le cabaret.

Hé! Jacques! Jacques!

JACQUES, troublé.

Oui... oui... me voilà... me voilà!...
Il rentre dans le cabaret.

SCÈNE X

LOUISE, HENRIETTE, LAFLEUR.

HENRIETTE.

Tu as eu bien peur!

LOUISE.

Ah! oui!

HENRIETTE.

Mais la nuit vient...

LOUISE.

Ce monsieur Martin qui n'arrive pas.

LAFLEUR, s'approchant.

Le voici, mademoiselle.

LOUISE.

Enfin !

HENRIETTE.

Ah! monsieur, nous vous attendions avec une impatience...

LAFLEUR.

Vous m'excuserez d'être venu un peu tard.

LOUISE.

Nous commencions à être bien inquiètes.

LAFLEUR.

C'est que... je demeure très-loin d'ici.

HENRIETTE, étonnée.

Très-loin d'ici...

LOUISE.

On nous avait dit au contraire que vous habitiez à deux pas.

LAFLEUR, à part.

Diable ! (Haut.) Oui, en effet... je demeure... je demeurais à deux pas; mais je suis déménagé... Allons, partons, partons, mademoiselle.

Il veut prendre le bras d'Henriette.

HENRIETTE, hésitant.

Vous... êtes...

LAFLEUR.

Oui, depuis hier.

HENRIETTE.

Mais, monsieur...

LAFLEUR, impatienté.

Si vous me faites l'injure de douter encore de moi, tenez, j'ai là des répondants, de bons voisins, d'honnêtes bourgeois du quartier qui vous affirmeront mon identité.

Il remonte et fait signe à deux hommes qui paraissent.

HENRIETTE, allant à eux.

Des répondants...

LOUISE, étendant les mains.

Henriette, ne me quitte pas.

HENRIETTE.

Me voilà, Louise. (Elle veut aller vers sa sœur. Sur un signe de Lafleur, les deux hommes lui barrent le passage.) Qu'est-ce que cela signifie, messieurs?

LAFLEUR.

Assez de temps perdu ; le carrosse est à deux pas, finissons-en, et en route.

HENRIETTE.

Nous ne vous suivrons pas.

LAFLEUR.

Obéissez.

LOUISE.

Non, non.

Elle se dirige du côté de sa sœur et est retenue par Lafleur qui lui saisit le bras.

HENRIETTE.

Je vous dis que nous ne vous suivrons...

Sur un geste de Lafleur, les deux hommes la bâillonnnent et l'emportent.

LAFLEUR, remonte et regarde si personne ne vient.

A merveille, j'ai réussi.

SCÈNE XI

LOUISE, puis LA FROCHARD, puis PIERRE.

LOUISE

Je n'entends plus rien. Henriette!.. qu'est devenu cet homme ?... Et toi-même, pourquoi ne me reponds-tu pas? (Avec terreur.) Henriette ! Henriette !... réponds, parle-moi... Mais réponds-moi donc !

HENRIETTE, au loin et d'une voix étouffée.

Louise !

LOUISE, jetant un cri.

Ah ! elle... (On entend rouler une voiture.) Elle qu'on enlève !... et moi, on m'abandonne !... Seule !... Oh !... seule...! mon Dieu !

qu'est-ce que je vais faire? Qu'est-ce que je vais devenir?..
qu'est-ce que je vais devenir?

Elle pleure. Deux des compagnons de Jacques sortent du cabaret, ivres et fredonnant.

PREMIER HOMME, chantant.

Si le roi m'avait donné
Paris, sa grande ville,
Et qu'il me fallùt quitter
L'amour de ma mie...

Apercevant Louise.

Tiens, la v'là, ma mie, c'est Rosalie!

LOUISE, jetant un cri de terreur.

Ah! laissez-moi! laissez-moi!

Elle s'arrache de ses bras.

PREMIER HOMME.

Elle est en colère, Rosalie. (*Lui prenant le bras.*) Voyons, ma
petite femme.

LOUISE.

Grâce! grâce!

DEUXIÈME HOMME.

Viens donc... je te dis que c'est pas Rosalie. Est-ce que jo
la connais pas, ta femme?

PREMIER HOMME.

Mais oui; mais oui, tu la connais, je sais bien.

DEUXIÈME HOMME.

Je la connais mieux que toi, ta femme.

PREMIER HOMME.

Mais oui, mais oui, je sais bien.

Ils sortent.

LOUISE, après un silence.

Ils sont partis... Où aller maintenant? que faire? je ne
sais pas, je ne sais pas... (*Elle se dirige en chancelant vers la droite; on
entend un bruit de voiture, elle s'arrête.*) Une voiture!

La voiture paraît et s'arrête devant elle.

LE COCHER.

Gare! gare donc!

LOUISE, jetant un cri.

Ah!

Elle va de droite à gauche en hésitant

LE COCHER, retenant ses chevaux.

Mais garez-vous donc, mille tonnerres!

LOUISE, défaillante, tombant à genoux et tendant les bras.

Arrêtez, de quel côté! je ne sais pas, je suis aveugle !

PIERRE, qui est entré par la droite.

Ah! malheureuse femme!

Il s'élance et saisit Louise qu'il éloigne de la voiture. La Frochard s'est approchée d'eux.

LE COCHER.

Eh bien! il était temps, je ne pouvais plus retenir mes chevaux.

La voiture passe.

LOUISE, tremblante.

Ah! mon Dieu! mon Dieu !

LA FROCHARD.

Est-elle folle, donc, celle-là?... Vous étiez donc tombée?

LOUISE, se cramponnant à La Frochard.

Ah! madame, ne me quittez pas... je vous en supplie, ne me quittez pas.

PIERRE.

Allons, calmez-vous, mademoiselle, il n'y á plus de danger...

LA FROCHARD.

Ah! ça, vous aviez donc la tête perdue, ma petite?

LOUISE.

Oui, oui, je crois que je deviens folle! Hélas! madame, ma sœur était là, près de moi... et on l'a enlevée.

PIERRE.

Enlevée!...

LA FROCHARD.

Eh bien! faut avertir vos parents.

LOUISE.

Nos parents!... nous sommes orphelines.

PIERRE.

Vos connaissances, vos amis.

LOUISE.

Mais nous arrivons à l'instant à Paris, et nous n'y connaissons personne.

2

LA FROCHARD.

Personne !

PIERRE.

Personne ! et qu'est-ce que c'étaient que les gens qui ont emmené votre sœur, des gentilshommes ou bien des autres?

LOUISE.

Eh! comment le saurais-je ?

LA FROCHARD.

Ça se voit aux habits.

LOUISE.

Mais je suis aveugle, madame.

PIERRE.

Aveugle !... vous êtes...

LA FROCHARD, à elle-même.

Tiens, tiens, tiens, aveugle... sans parents, sans connaissances dans Paris... (La regardant de près.) et c'est jeune, c'est gentil!...

PIERRE, bas.

C'est vrai... elle est bien jolie...

LA FROCHARD.

Va reprendre ta boutique, et laisse-nous en paix... je m'occuperai d'elle.

PIERRE.

Oui, mère, faudra l'aider à retrouver...

LA FROCHARD.

C'est bon, je sais ce qu'il faut faire; va-t-en...

LOUISE, inquiète.

Vous ne m'abandonnez pas, madame !...

LA FROCHARD.

Non, ma petite, non... je suis là.

PIERRE, s'éloignant.

Aveugle !... si jeune et si jolie ! (Riant tristement.) Si jolie ? Eh bien! qu'est-ce que ça te fait à toi, l'avorton ?

LA FROCHARD.

Voyons, faut pas vous désoler, ma petite. r se trouvera peut-être bien quelques bonnes âmes du bon Dieu qui vous aideront à retrouver vot' sœur...

LOUISE.

Hélas ! à qui m'adresser ?

LA FROCHARD.

Eh bien ! à moi donc, à moi, une honnête mère de famille, qui vous aidera dans vos recherches, et qui vous donnera un asile en attendant.

LOUISE.

Ah ! madame... que vous êtes bonne d'avoir pitié de moi ; mais nous la retrouverons, n'est-ce pas ? nous la retrouverons ?

LA FROCHARD.

Mais oui, mais oui, en y mettant le temps... (A part.) beaucoup de temps... (Haut.) Allons, venez... Ah ! je vous avertis, ce n'est pas dans un palais que je vous mène.

LOUISE.

Hélas ! pour moi, madame, toutes les demeures sont les mêmes.

LA FROCHARD, à part.

Tiens, c'est vrai, une aveugle !... C'était pas la peine de rabaisser mon Louvre. (Haut.) Venez, mon enfant... du bon Dieu... venez...

LOUISE.

Je me confie à vous, madame.

LA FROCHARD.

Et vous êtes bien tombée, allez. (A part.) Je crois que je tiens mon gagne-pain.

Elle l'emmène.

PIERRE.

C'est drôle, il me semble que je suis moins seul sur la terre.

Rideau.

Deuxième Tableau.

LE PAVILLON DU BEL-AIR.

Jardin avec kiosque. — Bosquets, bassin et fontaine entourée de naïades et d'amours. Des statues, des vases pleins de fleurs, des lampes suspendues mêlent leurs clartés aux rayons de la lune. Une table somptueusement servie, au fond. D'autres tables plus petites sont disposées pour le jeu. — Des siéges rustiques, des causeuses, des fauteuils en tapisserie et en soie. Une balançoire, etc.

SCÈNE PREMIÈRE

LE MARQUIS, DE MAILLY, D'ESTRÉES, JULIE,
puis FLORETTE, INVITÉS.

Au lever du rideau, tous forment différents groupes. On joue à la balançoire, aux cartes et aux dés; on se promène. — Quelques dames attablées se font verser du champagne par les jeunes seigneurs. — D'autres sont étendues sur les causeuses. Des servantes mauresques font le service. De Mailly, d'Estrées circulent dans les groupes.

LE MARQUIS.

Eh bien, messieurs, le pavillon du Bel-Air vous semble-t-il au niveau de sa réputation?

DE MAILLY.

Mon cher, je demeure ébahi de tout ce que je vois ; c'est le paradis de Mahomet... décoré par Watteau et Boucher.

D'ESTRÉES.

Des berceaux, des charmilles!...

DE MAILLY.

Des nymphes, des bergères... on joue ici les pastorales de Florian.

LE MARQUIS.

Pour commencer...

D'ESTRÉES.

Et pour finir?...

LE MARQUIS.

Oh! pour finir... à minuit les lampes s'éteignent, et, ma foi, sauve qui peut, mesdames.

D'ESTRÉES.

Bravo, marquis, voilà ce qui s'appelle garder les bonnes traditions.

DE MAILLY.

Et dire qu'il y a des gens qui rêvent de changer tout cela!

LE MARQUIS.

Quels imbéciles!... Allons, du champagne pour réveiller ces demoiselles.

TOUS, se rapprochant.

Oui, oui, du champagne!...

D'ESTRÉES.

A la santé de notre aimable amphytrion!

TOUS.

Oui, oui! à la santé!...

FLORETTE, accourant en costume de rosière.

Attendez!... j'en suis, mais pas de champagne, c'est trop bourgeois... du tokai, du chypre, à la bonne heure! (Prenant un verre.) A votre santé, marquis!

LE MARQUIS.

A la tienne, ma petite Florette!...

FLORETTE.

Hein! qu'est-ce? on se tutoie déjà? quelle heure est-il donc?

LE MARQUIS.

Tu sais bien, ma chère, qu'ici on oublie les heures, une seule exceptée, minuit.

FLORETTE, baissant les yeux.

Je ne comprends pas, monsieur.

TOUS, riant.

Ah! ah! ah!... Bravo, Florette!

FLORETTE.

A propos!... messieurs et mesdames, j'apporte une grande nouvelle, une révolution complète vient d'éclater.

TOUS, avec inquiétude.

Ah! vraiment!... une révolution...

FLORETTE.

Dans la coiffure de ces dames.

LE MARQUIS.

Bon, la coiffure des femmes change tous les matins, il n'y a que celle des maris qui est toujours la même !

JULIE, vivement.

Florette, viens faire vis-à-vis au vicomte !...

FLORETTE.

Il est trop laid, je te le donne.

JULIE.

Tu n'en dirais pas autant du chevalier de Vaudrey.

FLORETTE.

Tiens !... où est-il donc, mon petit chevalier? je ne l'ai pas encore aperçu.

LE MARQUIS.

Je l'attends, lui... et une autre personne, une rivale, mesdames, je vous en préviens.

FLORETTE.

Ah! une nouvelle? Ecoutez ça, messieurs.

LE MARQUIS.

Dix-huit ans à peine... jolie à croquer... et une innocence...

FLORETTE.

Et où avez-vous découvert cette étoile, mon cher ?

LE MARQUIS.

En Normandie, ma chère...

FLORETTE.

Aura-t-elle le bonnet?

LE MARQUIS, lui tapant sur la joue.

Le bonnet et les sabots, méchante.

On entend du bruit au fond; ce sont les servantes qui veulent empêcher Picard d'entrer.

SCÈNE II

LES MÊMES, PICARD.

PICARD, au fond.

Mais je vous répète qu'il faut que je parle à votre maître.

LE MARQUIS, remontant.

Qu'est-ce?... qui donc se permet?...

PICARD.

C'est moi, monsieur le marquis, Picard, le valet de chambre du chevalier de Vaudrey.

LE MARQUIS.

Laissez!... laissez!... Eh bien, Picard, ton maître se fait bien attendre.

PICARD.

Monsieur le chevalier m'a chargé d'apporter ses excuses à monsieur le marquis.

FLORETTE, vivement.

Comment! il ne viendra pas malgré sa promesse?

PICARD.

Ça vous étonne?... c'est que vous ne le connaissez pas, mon jeune maître; c'est le gentilhomme le plus étrange, le plus capricieux, le plus fantasque du monde.

D'ESTRÉES.

En vérité.

PICARD.

Il passe, comme tout bon gentilhomme doit le faire, ses nuits en joyeuses orgies, en folies de toutes sortes, et ses journées entières sont consacrées... au travail!... (Avec mépris.) Oui, messieurs, il lit, il écrit, comme un simple robin!

LE MARQUIS.

Ah! bah!

PICARD.

Eh! quelles façons d'agir envers tous ceux qui l'approchent, envers ses créanciers, par exemple.

LE MARQUIS.

Eh bien! quoi, ses créanciers?... il les rosse, parbleu:

PICARD.

Ah! bien, oui!... il les paie... monsieur, il les paie.

TOUS.

Ah!

LE MARQUIS.

Est-il bien possible?...

PICARD.

Et s'il n'y avait que cela! il fraie avec des philosophes, des Diderot, des d'Alembert, des écrivassiers que j'enverrais pourrir à la Bastille!...

FLORETTE.

Ce pauvre chevalier....

PICARD.

Grâce à ces déplorables fréquentations, il a perdu, hélas!... le sentiment de sa dignité, au point que... Tenez, pas plus tard qu'hier, parce que maladroitement je m'étais heurté la tête dans mon empressement à le servir, il m'a pris la main, monsieur! oui, monsieur! oui, monsieur, ma main de domestique, dans sa main de gentilhomme, et il l'a pressée comme celle d'un ami!! J'en étais honteux, ma parole d'honneur, j'en étais honteux!

LE MARQUIS.

Mais enfin, ce soir, à quelle fête a-t-il pu sacrifier la nôtre.

ROGER, qui a paru au fond.

Je vais vous le dire, messieurs.

SCÈNE III

LES MÊMES, ROGER.

TOUS, l'entourant.

Ah! c'est lui! arrivez donc, mon cher!...

LE MARQUIS.

Que diable Picard nous disait-il?... que vous ne viendriez pas?

ROGER.

C'est qu'en effet, je ne devais pas venir.

PICARD, à part.

Et il accourt... voilà l'homme !...

FLORETTE.

D'où venez-vous, coureur?

ROGER.

De la salle des Menus-Plaisirs. Vous n'ignorez pas, messieurs, que Beaumarchais devait livrer une grande bataille?. .

LE MARQUIS.

Ah ! oui !... à propos d'une méchante pièce, une espèce de pamphlet que la police avait interdit.

DE MAILLY.

La folle Journée, je crois?

ROGER.

Pamphlet ou non, le public ayant pris fait et cause pour l'auteur, le roi a dû céder, et la pièce a été portée aux nues.

LE MARQUIS.

Sa Majesté forcée de céder ?...

ROGER.

Mais oui, mon cher !

LE MARQUIS.

Eh bien! s'il en est ainsi, c'est que la royauté baisse.

ROGER.

C'est que la nation monte.

LE MARQUIS.

Et dans peu, il ne restera plus qu'à supprimer nos titres et nos priviléges.

ROGER.

Soyez sûr, marquis, qu'on les supprimera!

PICARD, riant.

Oh! oh! oh!

ROGER.

Ça fait rire, monsieur Picard?

PICARD.

Excusez-moi, monsieur le chevalier, mais cela me paraît aussi drôle que si l'on disait qu'un jour ces bons Parisiens démoliront la Bastille.

ROGER.

Qui sait?

Il s'assied et boit.

PICARD.

Eh bien! qu'ils s'y frottent, qu'ils se soulèvent! ce jour-là je descendrai.

ROGER.

Tu descendras dans la rue!... toi?...

PICARD.

Plus que cela, monsieur! (A part.) Je descendrai dans la cave.

Il sort.

LE MARQUIS.

En vérité, mon cher, vous êtes pour moi une énigme vivante; vous agissez tantôt en gentilhomme, et tantôt...

ROGER.

En plébéien... c'est parfaitement vrai.

LE MARQUIS.

Mais enfin, où allez-vous, et que voulez-vous?

ROGER.

Ce que je veux? profiter du bon temps qui nous reste et me préparer à l'avenir qui nous menace. Je m'amuse pendant que je puis le faire encore, et je travaille pour le jour où je ne pourrai plus m'amuser... Avez-vous des yeux pour voir et des oreilles pour entendre? — Ecoutez ces sourdes clameurs; regardez ce peuple qui s'éveille, voyez ces fronts courbés pendant des siècles, qui se relèvent audacieux et fiers! Ces bruits étranges, ces masses qui s'agitent... c'est le flot qui grandit et s'avance, fatal, irrésistible! Eh bien! s'il doit emporter nos terres, nos châteaux, et le reste, je tâche d'en manger d'avance le plus possible, et d'être en état, plus tard, de m'en passer pour vivre!...

FLORETTE.

Il a peut-être raison.

ROGER.

Mais en attendant... (Tendant son verre à Florette.) Croyez-moi, mes amis, buvons, chantons, et grisens-nous, ce sera toujours autant de pris.

FLORETTE, versant.

Après nous, la fin du monde !

TOUS.

Bravo ! à la bonne heure !

CHANSON.

ROGER.

I

Tant que je verrai couler dans nos verres,
Ce nectar si doux,
Je dirai : faisons comme ont fait nos pères,
Amis, grisons-nous,
Et comme le sage,
Rions de l'orage,
Tant qu'il n'est pas là.
Qui vivra
Verra !

LE MARQUIS, bas à Lafleur qui vient d'entrer.

Eh bien ?

LAFLEUR.

Monsieur le marquis, vos ordres sont exécutés...

LE MARQUIS.

A merveille !... votre jeune provinciale ?

LAFLEUR.

Elle est là !

LE MARQUIS.

Qu'on l'amène !

FLORETTE.

II

Tant que vos écus paieront nos dentelles
Et nos diamants,
Pourquoi serions-nous prudes et rebelles
Dans notre printemps ?
Aimons, c'est plus sage,
Et rions de l'âge,
Tant qu'il n'est pas là.
Qui vivra
Verra !

CHŒUR.

Aimons, c'est plus sage,
Rions de l'orage

Tant qu'il n'est pas là.
Qui vivra
Verra !...

On boit, on court à la balançoire, aux tables de jeu; on prend la taille des jeunes filles et des femmes qui se défendent en riant. — L'ivresse gagne les convives.

SCÈNE IV

LES MÊMES, LAFLEUR, puis HENRIETTE,

LE MARQUIS.

Messieurs, je vous avais promis la fin de mon roman. Regardez.

Il montre Henriette apportée par quatre jeunes filles qui la déposent avec précaution sur un sopha. Aussitôt un grand mouvement de curiosité se produit parmi les convives. On se rapproche d'Henriette. Roger seul reste mollement étendu sur son fauteuil, un verre à la main.

FLORETTE.

Oh ! qu'est-ce qui arrive ? voyez donc ! voyez donc !

JULIE.

C'est la nouvelle, la rivale annoncée !

ROGER, tournant la tête.

Une jeune fille !... la chasse a été bonne !

JULIE.

Tiens !... elle est évanouie !

FLORETTE.

Endormie, ma chère, elle s'évanouira plus tard.

ROGER.

A quoi bon ? Gageons même qu'elle a les yeux à demi-fermés et qu'elle rit tout bas de la peine qu'on a prise.

FLORETTE.

Ces fillettes sont si rusées.

LE MARQUIS, aux seigneurs qui entourent Henriette.

Eh bien !... comment la trouvez-vous ?

FLORETTE.

Figure ordinaire.

JULIE.

Très-commune... de gros pieds.

FLORETTE.

Des bras bêtes... des mains de paysanne.

DE MAILLY, à Roger.

Et toi, chevalier... ton avis?

ROGER.

Figure adorable, l'air distingué, des pieds et des mains de
duchesse.

DE MAILLY.

Tu ne l'as pas vue.

ROGER.

Non, mais j'ai entendu ce qu'en disaient ces dames.

FLORETTE.

Est-ce qu'elle ne va pas s'éveiller?

LAFLEUR, au marquis.

Quelques gouttes de ce flacon sur votre mouchoir, cela
suffira.

LE MARQUIS.

C'est bien, je suis content de toi ! (Il lui donne sa bourse.) Va !...

LAFLEUR, regardant la bourse.

Je ne suis pas mécontent de monsieur le marquis !

Il sort.

FLORETTE.

Donnez ! marquis, donnez !   Elle prend le flacon.

LE MARQUIS.

Que va-t-elle dire en reprenant ses sens ?

ROGER.

Bon! nous la savons par cœur, cette sempiternelle histoire
de jeunes filles enlevées !... Que l'instant du réveil arrive, et
celle-ci chantera le refrain habituel : — Où suis-je ? pourquoi m'a-t-on conduite ici? Grand Dieu !... oh ! ma mère,
ma mère !... Puis viendra ce profond et vertueux désespoir,
qui commence dans des torrents de larmes, et qui se noie
ensuite dans des flots de champagne.

FLORETTE.

Nous allons bien voir... (Elle verse le contenu du flacon sur son

3

mouchoir et le fait respirer à Henriette.) Attention, elle rouvre les
yeux.

> Henriette se redresse lentement, regarde avec stupeur tout ce qui l'entoure ;
> puis, d'un mouvement brusque, elle se lève, promène sur tous les personna-
> ges des yeux effarés. Elle va de l'un à l'autre et se trouvant en face du mar-
> quis, elle s'arrête, porte les mains à son front, jette un cri et recule épou-
> vantée.

HENRIETTE.

Suis-je folle ?... Est-ce que je rêve ? Ah !

FLORETTE, bas à Roger.

Ce n'est pas tout à fait ce que vous m'aviez prédit.

ROGER.

Non, c'est singulier.

HENRIETTE, au marquis, d'une voix brève.

Monsieur, c'est par votre ordre que j'ai été enlevée, et
c'est chez vous que l'on m'a conduite.

LE MARQUIS.

Vous me faites donc, mademoiselle, l'honneur de me reconnaître... c'est moi qui...

HENRIETTE.

Pas un mot, monsieur ; je veux retourner à l'instant à
l'endroit où l'on m'a prise, où elle m'attend, elle, où elle
m'appelle... où elle se désespère... Allons, monsieur, allons,
dites que l'on m'y reconduise ; il le faut, entendez-vous ? il le
faut !...

LE MARQUIS.

Oh ! vous ne supposez pas que nous vous laissions repar-
tir déjà ?...

HENRIETTE.

Écoutez, monsieur ; je vois, je comprends le piége odieux
que vous m'avez tendu. Mais vous ne soupçonnez pas vous-
même à quel point est horrible l'action que vous avez commise... Un enlèvement, un rapt, une tentative de séduction...
c'est bien criminel et bien lâche ! mais ce que vous avez fait
est mille fois plus épouvantable !... Vous m'avez séparée
d'une pauvre enfant dont je suis l'unique appui, vous lui
avez arraché son guide, son soutien, et cette infortunée est
incapable de faire un pas, de se guider sans moi : elle est
aveugle !!...

TOUS.

Aveugle !

HENRIETTE.

Oui, elle est aveugle!... Et la voilà seule, toute seule dans ce Paris où nous arrivions pour la première fois, où elle ne connaît personne dont elle puisse se réclamer!... La voilà errante, sans argent, sans ressources, exposée à tous les piéges, la tête perdue, affolée par le désespoir! errante pendant la nuit, entourée de dangers menaçants, au bord d'une rivière, au milieu des carrosses qui se croisent!... Et elle est aveugle, entendez-vous? messieurs, elle est aveugle.

FLORETTE.

Pauvre fille!

ROGER, à part.

Oh! c'est horrible!...

LE MARQUIS.

Eh bien! tranquillisez-vous, je vais donner des ordres; nous enverrons un de nos gens, nous en enverrons dix, s'il le faut; on trouvera cette enfant, et on l'amènera ici.

HENRIETTE.

Elle!.. dans cette maison avec moi!.. c'est-à-dire deux déshonneurs au lieu d'un! deux victimes au lieu d'une! Et voilà tout ce que vous trouvez à me répondre! et personne ici n'élève la voix contre vous! Eh bien! je dis, moi, que parmi ces hommes de plaisir et de débauche il n'y a pas un seul gentilhomme.

Roger brise son verre avec colère.

LE MARQUIS.

Vous vous trompez, nous sommes tous de bons gentils-hommes, ma belle!

HENRIETTE.

Eh bien! parmi ces gentilshommes, je dis qu'il n'y a pas un seul homme d'honneur.

ROGER, allant à elle.

Vous vous trompez encore, mademoiselle! (Lui tendant la main.) Prenez cette main et sortons d'ici.

HENRIETTE, avec joie.

Ah! merci, merci, monsieur... Venez! venez!..

LE MARQUIS, vivement, leur barrant le passage.

Pardon! je suis chez moi, et je m'oppose, chevalier.

ROGER.

Laissez-nous passer!.

LE MARQUIS.

Allons donc! je ne permettrai pas! (Une horloge sonne.) Ecoutez! minuit!... Personne, à pareille heure, n'est jamais sorti de cette maison.

ROGER.

Nous serons donc les premiers!... Allons! place! je l'ordonne!

LE MARQUIS.

Savez-vous bien, chevalier, que depuis un instant, vous me parlez comme à un laquais?

ROGER.

Un laquais qui agirait comme vous le faites, je ne lui parlerais pas, marquis, je le bâtonnerais.

LE MARQUIS.

Ceci, monsieur le chevalier, pourra bien retarder votre sortie!...

ROGER.

Peut-être!

LE MARQUIS, tirant son épée.

Essayez-donc de passer!

ROGER, tirant la sienne.

J'essaierai, monsieur!

TOUS.

Marquis!... chevalier!... nous ne souffrirons pas...

LE MARQUIS.

Après une pareille injure, plus un mot, messieurs.

Ils se mettent en garde et se battent.

HENRIETTE.

Mon Dieu!... ayez pitié de nous... protégez-nous.

LE MARQUIS, frappé et chancelant.

Ah!...

On se précipite; on le soutient.

ROGER, à Henriette.

Venez, mademoiselle...

Il l'entraîne.

Rideau.

ACTE DEUXIÈME

—

Troisième Tableau.

LE CABINET DU LIEUTENANT DE POLICE.

—

SCÈNE PREMIÈRE

DE LINIÈRES, MAREST et DIVERS EMPLOYÉS.

Au lever du rideau, de Linières est assis devant une table chargée de papiers, de rapports qu'il est en train de lire et de signer. Les employés, debout, derrière lui, attendent en silence.

DE LINIÈRES.

Attendez, messieurs. Pendant quelques jours encore je vous retiendrai, chaque matin, plus longtemps que ne le faisait mon prédécesseur. Nommé depuis hier seulement lieutenant de police, j'ai besoin de me mettre au courant des affaires.

MAREST.

Nous sommes aux ordres de monseigneur.

DE LINIÈRES, se levant.

J'ai signé les ordonnances les plus urgentes, les voici : surveillez activement les tripots, les cabarets, faites la chasse aux mendiants, aux voleurs.

MAREST.

Un gibier qui pullule.

DE LINIÈRES.

Le roi ne veut pas que les scandales du précédent règne se renouvellent. Il faut mettre un terme aux attaques nocturnes, à ces enlèvements criminels qui portent la honte et le désespoir dans les familles. (S'adressant à Marest.) Monsieur Marest, vous m'avez remis à ce sujet un rapport sur lequel j'ai des explications à vous demander. C'est une affaire grave; restez. (Le commis s'incline.) Retirez-vous, messieurs. (Tous les autres commis saluent et sortent.) Comment peut-il se faire qu'une jeune fille soit enlevée en plein Paris, à huit heures du soir, sans que personne s'y oppose?

MAREST.

Il y a des coquins si audacieux et si habiles, monseigneur.

DE LINIÈRES.

Alors nos agents ne le sont guère.

MAREST.

Ce sont eux pourtant qui ont découvert les complices et les ont fait parler.

DE LINIÈRES.

Et depuis trois mois que ce rapt a eu lieu, les coupables n'ont pas été poursuivis?

MAREST, humblement.

Monseigneur, cela tient à certaines circonstances...

DE LINIÈRES.

Quelles circonstances? parlez, je le veux. A qui appartient ce pavillon du Bel-Air?

MAREST.

Au marquis de Presles.

DE LINIÈRES.

De Presles! une illustre famille dont le dernier rejeton aura mis sa gloire à se faire donner un coup d'épée en disputant une fille perdue à quelque débauché!... Et cette fille, après le duel, qu'est-elle devenue?...

MAREST.

Elle a été emmenée par... l'adversaire de monsieur le marquis de Presles.

DE LINIÈRES.

Le nom de cet adversaire? parlez, monsieur, parlez donc.

MAREST.

Le neveu de monseigneur.

DE LINIÈRES.

Le chevalier! Etes-vous sûr, monsieur, de ne pas vous tromper?

MAREST.

Parfaitement sûr, monseigneur. Nous connaissons tous les gentilshommes qui se trouvaient cette nuit-là dans cette petite maison, et toutes les demoiselles qu'on y avait amenées.

DE LINIÈRES.

Eh bien ! ces gentilshommes comprendront bientôt que de pareilles saturnales ne peuvent plus être tolérées, qu'elles déshonorent la noblesse, et qu'à l'époque où nous sommes, il ne suffit plus de porter un beau nom, il faut le savoir porter dignement. Quant à ces demoiselles pour qui nos enfants se ruinent, s'avilissent et se tuent, nous leur donnons à choisir entre la Salpêtrière et la Guyane.

MAREST.

Monseigneur ne veut pas sans doute que cette affaire soit, comme les autres, consignée dans nos archives de la police.

DE LINIÈRES.

Elles existent donc réellement, cet archives ?

MAREST.

Au grand complet, monseigneur; et dans un ordre parfait. Il n'y a pas une famille en France qui n'ait là toute son histoire; les drames les plus mystérieux, les détails les plus intimes, rien n'a été omis. Monseigneur n'a qu'à me citer un nom, je cours interroger le volume et dans cinq minutes...

DE LINIÈRES.

C'est bien, et puisque la maison de Linières a son dossier... inscrivez tout ce qui la concerne.

MAREST.

Quoi ! monseigneur ordonne...

DE LINIÈRES.

J'ai promis au roi de réprimer sévèrement, monsieur, et le magistrat, sévère pour tous, doit être implacable envers les siens. Allez, monsieur, allez !

MAREST.

J'obéirai, monseigneur.

Il salue et sort en même temps que Picard entre.

SCÈNE II

DE LINIÈRES, PICARD.

DE LINIÈRES.

Ah ! c'est toi, Picard; tu arrives à propos; j'ai à te parler de ton maître.

PICARD.

Oh ! mon maître!... mon maître.

DE LINIÈRES.

Il se conduit bien, monsieur Roger !

PICARD.

Il se conduit d'une façon scandaleuse, monseigneur.

DE LINIÈRES.

Oui, scandaleuse.

PICARD.

Et comme c'est monseigneur qui m'a placé près de son neveu, je viens lui demander la permission de quitter le service de monsieur le chevalier.

DE LINIÈRES.

Quoi, tu veux...

PICARD.

Oui, monseigneur... monsieur le chevalier a des principes que je ne puis accepter.

DE LINIÈRES.

C'est bien, je te reprends à mon service.

PICARD.

Au service de monsieur le comte... ah! je respire! je renais!... je rentre dans ma dignité!

DE LINIÈRES.

Seulement je désire encore avoir auprès de lui, pendant quelque temps, une personne de confiance qui le surveille et me rende compte de ses démarches. J'aurais pu recourir aux gens de la police, mais c'est un moyen qui me répugne. Ils ne m'en ont déjà que trop appris sur son compte, et c'est par toi que je veux découvrir le reste.

PICARD.

Le reste... Monseigneur pense donc?...

DE LINIÈRES.

Tu ignores les choses les plus graves.

PICARD.

Oh! le malheureux! Monseigneur me fait frémir!

DE LINIÈRES.

Ce n'était pas assez des nuits passées au jeu, des petits soupers, de ces orgies qui te révoltaient.

PICARD.

Qui me... moi?... permettez !

DE LINIÈRES.

Apprends qu'à la suite d'un duel...

PICARD, étonné.

Un duel... il a eu un duel?...

DE LINIÈRES.

Oui, un duel, pour je ne sais quelle femme.

PICARD, joyeux.

Pour une femme. Il s'est battu pour une... Ah ! le gaillard !

DE LINIÈRES.

Oui, il s'est battu avec monsieur de Presles, qu'il a fort dangereusement blessé.

PICARD.

Bravo !... bravo ! bravo !

DE LINIÈRES.

Tu dis?

PICARD.

Ah ! ah ! c'est que monsieur le chevalier est une fine lame.

DE LINIÈRES.

Et ce n'est pas tout.

PICARD, joyeusement.

Ah bah!... il y a encore quelque chose ?

DE LINIÈRES.

Cette femme qu'il enlevait au marquis, il en a fait sa maîtresse.

PICARD.

Sa maîtresse... (S'oubliant.) Nous avons une... (Se reprenant.) il a une maîtresse!... Ah ! mais voyons donc, voyons donc, récapitulons un peu... un duel, une maîtresse, une petite maison, sans doute. Et moi qui voulais le quitter.

DE LINIÈRES.

Non, non, pas encore... j'ai besoin, comme je te l'ai dit, que tu restes auprès de lui.

PICARD, gaiement.

Et j'y resterai, ventre-saint-gris, et j'y resterai, corne de veau!

3.

DE LINIÈRES.

Tu sauras où il la cache.

PICARD.

Nous le saurons, monseigneur, nous le saurons, fiez-vous
à moi... Il me semble que je la vois d'ici... jeune et belle,
l'air un peu... un peu insolent, j'aime assez cela, moi.

DE LINIÈRES, voyant paraître la comtesse.

La comtesse !... va et n'oublie pas mes recommandations.

PICARD.

Je suis aux ordres de monsieur le comte.

Il salue la comtesse et sort.

SCÈNE III

DE LINIÈRES, LA COMTESSE.

LA COMTESSE.

On m'a dit, monsieur le comte, que vous désiriez me
parler.

DE LINIÈRES.

J'allais me présenter chez vous, comtesse, je désirais vous
entretenir du chevalier, votre neveu, je voulais vous demander de le préparer avec moi à cette union que le roi...

LA COMTESSE, tristement.

Veut lui imposer.

DE LINIÈRES.

Lui imposer... un mariage superbe!... qui met le comble
à cette haute faveur dont Sa Majesté nous honore.

LA COMTESSE.

Oui, une très-haute faveur, en effet; vous voilà lieutenant
de police, bientôt ambassadeur ou ministre, sans doute.

DE LINIÈRES.

Le roi me l'a fait espérer...

LA COMTESSE.

Et vous en êtes heureux?

DE LINIÈRES.

On ne peut plus heureux, comtesse.

LA COMTESSE.

Ainsi, vous dont la vie s'écoulait paisible et douce dans

votre vieux château du Dauphiné, loin de l'agitation des villes, loin des intrigues de la cour, vous voilà devenu, tout à coup épris des grandeurs, amoureux du pouvoir. (Le regardant en face.) Vous voilà devenu ambitieux !

DE LINIÈRES.

Très-ambitieux.

LA COMTESSE, tristement et lui prenant la main.

Non, monsieur le comte, non, je ne vous crois pas.

DE LINIÈRES.

Comment ? que voulez-vous dire ?

LA COMTESSE.

Je dis que c'est pour moi, pour moi seule, que vous avez accepté ces fonctions élevées.

DE LINIÈRES.

Allons, vous avez encore une fois lu dans mon cœur ! Eh bien ! oui, j'ai pensé que la vie active dans laquelle j'allais entrer, deviendrait pour vous, ma chère Diane, une cause d'heureuse distraction ; j'ai pensé que le séjour de la cour serait plus efficace que l'habitation de la campagne, et que Paris enfin aurait peut-être raison de cette sombre tristesse qui m'afflige, me désespère... que j'ai si longtemps combattue et que rien n'a pu vaincre ! Diane ! c'est une passion grande et noble que l'ambition !... c'est un précieux privilège que la puissance. Consoler ceux qui pleurent, relever ceux qui souffrent, secourir la misère, non plus de vos modestes épargnes, mais en puisant à pleines mains dans les coffres de l'État, et pouvoir dire à chaque infortuné : prenez et ne pleurez plus ! Diane, est-ce que cela ne dit rien à votre âme ?

LA COMTESSE, à part.

C'est vrai, je n'avais pas songé à cela ! (Haut.) Oui, c'est un pouvoir... presque sans limite que le vôtre, un pouvoir devant lequel s'ouvrent toutes les demeures... qui pénètre tous les secrets, qui peut interroger, qui peut chercher et fouiller partout, jusque dans les bas-fonds où se cachent la misère et le crime... un pouvoir qui accomplirait peut-être ce qui serait impossible à tout autre, et qui saurait trouver enfin.

DE LINIÈRES, étonné.

Trouver... qui donc ?

LA COMTESSE, revenant à elle.

Mais... vous l'avez dit... ceux qui souffrent et qui pleurent.

UN DOMESTIQUE, annonçant.

Monsieur le chevalier.

SCÈNE IV

LES MÊMES, ROGER.

DE LINIÈRES.

Je suis enchanté de vous voir, chevalier; nous avons, la comtesse et moi, une importante communication à vous faire.

ROGER.

Je ne pouvais, alors, arriver plus à propos.

DE LINIÈRES.

Mon cher Roger, je suis allé hier à Versailles pour présenter à Sa Majesté tous mes remerciements. Le roi a daigné me parler de vous.

ROGER.

De moi ?

DE LINIÈRES.

Il vous porte le plus grand intérêt. Il veut vous donner un poste important et... vous marier.

ROGER.

Me marier !

LA COMTESSE.

Je conçois, mon ami, que cette nouvelle vous surprenne, qu'elle vous effraie même un peu, car trop souvent, hélas! le cœur n'est pas consulté dans ces sortes d'unions; mais le vôtre n'aura pas, Dieu merci, à se faire violence. Jeunesse, beauté, fortune, rien ne manque à la femme que le roi vous a choisie.

DE LINIÈRES.

Et pour vous en donner la preuve, je n'ai plus qu'à vous nommer mademoiselle de...

ROGER, vivement.

Ne prononcez pas ce nom, mon oncle ; je désire ne pas le connaître.

DE LINIÈRES.

Pourquoi ?... C'est celui d'une personne...

ROGER.

Qui me ferait, je n'en doute pas, beaucoup d'honneur en m'accordant sa main. Ce n'est donc pas cette personne, c'est le mariage que je refuse.

DE LINIÈRES.

Vous refusez !

ROGER.

Absolument, monsieur le comte.

DE LINIÈRES.

Avant de vous prononcer avec cette énergie, croyez-moi, chevalier, réfléchissez; je sais qu'il faut faire la part de la jeunesse, de l'entraînement, et qu'il est bon de fermer les yeux sur certains écarts, à condition, toutefois, qu'ils ne soient pas de longue durée. Ce mariage est un honneur que Sa Majesté veut bien vous faire, ainsi qu'à nous, et quand le roi a parlé...

ROGER.

J'irai remercier Sa Majesté de ses bontés; j'irai mettre à son service ma personne, mon dévouement et ma vie; mais, je vous le répète, je veux rester libre.

DE LINIÈRES.

Libre !... libre de mener une vie de désordre qu'il ne vous sera pas toujours possible de tenir secrète.

ROGER.

Il n'y a rien dans ma vie que je veuille cacher, rien dont je doive rougir.

DE LINIÈRES, sévèrement.

En êtes-vous bien sûr, chevalier?

ROGER.

Monsieur !

LA COMTESSE, se levant fort troublée.

Roger!... (Se tournant vers monsieur de Linières.) Monsieur le comte... je vous en conjure... permettez...

DE LINIÈRES.

Soit... nous reprendrons plus tard cet entretien. Je ne veux pas désespérer encore de votre raison, de votre obéissance; mais rappelez-vous que je suis le chef de la famille, que son honneur est sous ma garde et que je ne souffrirai pas qu'on lui porte atteinte ! (Roger va répondre. — La comtesse lui saisit la main. Roger la regarde et s'arrête.) Je vous laisse avec votre tante; je connais votre affection, votre respect pour elle, peut-être ses conseils auront-ils plus de poids que les miens. A bientôt, chevalier, à bientôt.

Il sort.

SCÈNE V

ROGER, LA COMTESSE.

LA COMTESSE, vivement.

Quelle est la femme que tu aimes?... Quel obstacle te sépare d'elle et t'a empêché de demander sa main, avant que le roi n'eût la pensée de te marier? S'il ne s'agissait que de fortune, j'ai la mienne et je l'aurais donnée.

ROGER.

Oh! quel cœur est comparable au vôtre !... Oui, j'aime une jeune fille, la plus charmante, la plus pure, la plus honnête... je l'aime et jamais je n'ai osé le lui dire.

LA COMTESSE.

A-t-elle un nom, une famille?

ROGER.

Elle est née dans le peuple; elle est orpheline et elle vit de son travail.

LA COMTESSE.

Et c'est d'elle que tu veux faire ta femme?

ROGER.

Oh! ne la jugez pas sans la connaître! Si vous consentiez à la voir, je suis certain que vous me diriez alors...

LA COMTESSE.

Je te dirais qu'un pareil amour ne peut être pour elle et pour toi qu'une source de chagrins et de larmes et qu'il faut y renoncer. Je te dirais que tu dois obéissance au roi et à ta famille.

ROGER, avec emportement.

Vous me diriez cela... vous qui avez tant souffert, vous la victime de cette obéissance dont vous me faites un devoir et qui vous a brisée.

LA COMTESSE, *jetant un cri.*

Qui te l'a dit? qui t'a découvert ce secret? qui t'a dévoilé ce te douleur qui me torture, hélas! depuis tant d'années?

Elle pleure.

ROGER, *retenant une de ses mains dans les siennes.*

Il n'y avait qu'une âme au monde qui fût assez tendre, assez noble, pour apprécier et soutenir la vôtre, l'âme de votre sœur bien-aimée, de ma mère! Au moment de se séparer de nous pour toujours, elle exigea de moi le serment de me dévouer à vous tout entier, de vous protéger si le malheur venait s'appesantir sur vous. Je l'ai juré

LA COMTESSE.

Et elle t'a tout confié : mes souffrances et mon désespoir. Ah! je comprends maintenant tes regards inquiets lorsque la tristesse faisait pencher ma tête, lorsque des larmes s'échappaient de mes yeux... tu disais vrai tout à l'heure : c'est le devoir, c'est l'obéissance qui m'ont brisée. Dans l'entrainement de l'amour et de la jeunesse, j'avais commis une faute. Celui que j'aimais était mort presque sous mes yeux!... Mais il fallait que mon enfant disparût, l'honneur de la famille l'exigeait!... car ma main avait été promise au comte de Linières. Il fallait tromper un honnête homme, c'est-à-dire condamner ma vie à un éternel remords, ou sacrifier la vie de ma fille, et j'ai courbé la tête sous l'inflexible volonté de mon père! J'espérais que le ciel aurait pitié de la pauvre petite créature que j'ai à peine embrassée en lui disant adieu! En glissant dans son berceau, le peu d'or que je possédais et quelques mots pour ceux qui prendraient soin d'elle, je me disais : Peut-être la reverrai-je un jour! Hélas! les jours, les années se sont écoulés et toutes mes prières ont été vaines, toutes mes recherches ont été inutiles.

ROGER.

Oh! oui! ils ont été bien cruels envers vous.

LA COMTESSE.

Si cruels que je me demande parfois si je n'aurais pas mieux fait de leur crier : Eh bien! tuez-la! Oui, il aurait mieux valu la tuer! J'en serais morte et je n'aurais pas subi ce supplice de seize années! Je ne me serais pas demandé pendant seize ans : Que fait-elle? au fond de quel abîme ce criminel abandon l'aura-t-il plongée! et ce supplice non moins horrible de penser qu'elle m'accuse de sa misère, de sa honte peut-être, et qu'elle s'écrie dans son désespoir : Soyez maudite, mère sans cœur et sans entrailles! Ah! cette malédiction terrible, je l'entends à toute heure, jusque dans mes prières, jusque dans mon sommeil! Je l'entends toujours! toujours! toujours!

ROGER.

Eh bien! vous qui avez tant souffert, vous qui avez tant pleuré, me direz-vous encore d'obéir? me conseillerez-vous encore d'enchaîner ma vie à la vie d'une femme, le cœur plein de l'image d'une autre? Me le conseillez-vous, dites?

LA COMTESSE, avec force.

Non, non. (Voyant entrer le comte.) Monsieur, (D'une voix saccadée et fiévreuse.) il faut avoir pitié de lui; ne l'enchaînez pas malgré le cri de sa conscience et la révolte de son cœur. Ne les imitez pas, ces pères dont l'inflexible orgueil condamne leurs enfants au mensonge ou au désespoir.

ROGER, lui saisissant la main et parlant à voix basse.

Prenez garde!

La comtesse revenant à elle-même, demeure atterrée en face de son mari.

DE LINIÈRES.

De quel orgueil, de quel mensonge, de quel désespoir parlez-vous donc, comtesse?

LA COMTESSE, tremblante.

Moi... je... je disais...

DE LINIÈRES.

Parlez!

ROGER.

Madame la comtesse vous répétait, monsieur, tout ce qu'elle vient d'entendre de ma bouche, et la révolte de mon âme contre ce mariage, c'est-à-dire contre ce long supplice que vous prétendez m'imposer.

DE LINIÈRES, froidement.

Ah! c'est bien là, ma chère Diane, ce que... signifiaient vos paroles?

LA COMTESSE.

Oui, mais je suis si émue... si troublée... vous le voyez, monsieur, je me soutiens à peine.

DE LINIÈRES.

En effet. Chevalier, conduisez madame la comtesse jusqu'à son appartement, (Le chevalier s'incline et offre la main à sa tante.) et revenez ensuite; j'ai besoin de vous parler.

Le chevalier et la comtesse sortent.

DE LINIÈRES, après les avoir suivis des yeux va à son bureau et se met à
écrire, puis il agite une sonnette et un huissier paraît.

Tenez... ceci... à l'employé gardien des-archives. Vous
m'apporterez ce qu'il vous remettra.

Roget paraît. — L'huissier s'éloigne sur un signe de monsieur de Linières.

SCÈNE VI

DE LINIÈRES, ROGER.

DE LINIÈRES.

Vous avez bien compris, chevalier, quels sentiments de
convenance, d'affection et de dignité m'ont fait accepter tout
à l'heure l'explication que me donnait la comtesse?

ROGER.

Monsieur...

DE LINIÈRES.

Vous avez bien compris aussi que cette explication ne
pouvait me convaincre?

ROGER.

Quoi, vous pensez...

DE LINIÈRES.

Je pense que ce n'est pas sur vous, mais sur elle-même
qu'elle pleurait. Non, ce n'est ni de vous, ni de vos secrets
dont il était question dans votre entretien, mais de ses secrets
à elle et de sa vie passée, de ce mystère qui pèse sur l'âme
de la comtesse, sur sa conscience peut-être, et qui fait le supplice de ma vie à moi! Parlez donc, chevalier, que vous disait
la comtesse? Je veux tout savoir, parlez.

ROGER.

Monsieur le comte...

DE LINIÈRES.

Je vous en prie, je l'ordonne...

ROGER.

Je ne sais rien, monsieur, je n'ai rien à vous dire.

DE LINIÈRES.

Soit, oubliez, monsieur, le souvenir de mon affection, de
mes soins, de mes bienfaits. Deux fois en un jour, vous avez
résisté à mes ordres, à mes prières; mais je n'en connaîtrai
pas moins ce mystère que vous refusez de me dévoiler.

ROGER.

J'ignore de quel mystère vous voulez parler.

DE LINIÈRES, voyant entrer l'huissier.

Eh bien... vous allez le connaître avec moi.

Il prend le volume des mains de l'huissier qui se retire.

ROGER, à part.

Que veut-il dire?

DE LINIÈRES.

Il y a là dans ces archives de la police, les secrets des familles les plus humbles et les plus nobles ; il y a le secret de Diane de Vaudrey, comtesse de Linières.

ROGER, pendant que Linières feuillette le livre.

Oh ! ce serait horrible !... ce serait odieux !

DE LINIÈRES.

Oui, oui, c'est bien cela... Maison de Vaudrey... Ah! Diane-Éléonore, fille du comte François de Vaudrey.

ROGER, s'élançant et plaçant sa main ouverte sur le livre.

Monsieur, vous ne lirez pas cela.

DE LINIÈRES.

Qu'est-ce à dire?

ROGER.

Ce que vous alliez faire là est indigne de vous, indigne d'un gentilhomme ! C'est violer le secret d'une âme ! c'est comme si vous violiez le secret de la confession, et vous ne le ferez pas !

DE LINIÈRES.

Qui m'en empêchera?

ROGER.

L'honneur qui se révolte contre cette trahison. Et si l'honneur ne parle pas assez haut, s'il n'est pas assez fort pour vous arrêter, ce sera moi, monsieur le comte.

DE LINIÈRES.

Vous!... (Roger arrache violemment la page qu'il froisse et met sur sa poitrine.) Malheureux !

ROGER.

Je vous avertis, monsieur le comte, que pour m'arracher ce papier, il faudra qu'on me tue. (Lui prenant la main. — A voix basse.) Souvenez-vous que ce n'est pas seulement son secret à elle, c'est aussi votre dignité, c'est le respect de vous-même, c'est votre propre honneur que je défends contre vous.

DE LINIÈRES.

C'est bien!... Vous m'avez rappelé à mon devoir... et je vous remercie de l'avoir fait. Je ne serai ni oublieux, ni ingrat, et, à mon tour, je vous forcerai bientôt de remplir le vôtre.

Il fait signe à Roger de sortir. — Celui-ci s'éloigne.

Rideau.

Quatrième Tableau.

La place Saint-Sulpice. — A droite, le portique de l'église. — Effet de neige. — Quelques passants enveloppés dans leurs manteaux et leurs fourrures se croisent sur la place et dans les rues qui y aboutissent. — Deux ou trois chaises à porteurs stationnent devant l'église; quelques mendiants, vieillards et enfants, y attendent en grelottant sur les marches.

SCÈNE PREMIÈRE

PIERRE, puis JACQUES.

PIERRE.

Bientôt midi, elles ne tarderont pas à venir. (Jacques paraît au fond.) Attendons! Ah! voilà Jacques; il ne pouvait pas manquer d'arriver, lui!

JACQUES, à Pierre.

Elles ne sont pas encore venues, les femmes?

PIERRE.

Non, pas encore. Notre mère et mam'selle Louise sont sans doute occupées ailleurs.

JACQUES.

C'est ici qu'elles devraient être; v'là l'heure de la grand' messe, l'heure des affaires et de la récolte.

PIERRE.

Oh! sois tranquille, au premier coup de cloche, elles seront là toutes deux!

JACQUES.

Ça ne sera pas trop tôt, l'avorton!

PIERRE, suppliant.

Jacques...

JACQUES.

Et puis?...

PIERRE.

J'ai une chose à te demander.

JACQUES.

Si c'est de l'argent, je n'en tiens pas.

PIERRE.

Non, ce n'est pas de ça qu'il s'agit.

JACQUES, colère.

Eh ben, voyons, finissons-en!

PIERRE.

Voilà, Jacques!

JACQUES.

Voyons, finiras-tu?

PIERRE.

Quand Louise est là et que tu te mets en colère, brutalise-moi, bats-moi si tu le veux, mais ne m'appelle pas l'avorton.

JACQUES.

De quoi! de quoi! Faut parler à monsieur avec respect... Comment donc! on mettra des manchettes de dentelle, avec des gants en peau de lapin.

PIERRE, suppliant.

Jacques!

JACQUES.

Ça te blesse que je t'appelle avorton!... Mais jette donc l'œil sur ton architecture!

PIERRE.

Tu sais bien que si je suis estropié, c'est, qu'étant tout petit, j'ai eu c'te jambe-là cassée par toi, Jacques.

JACQUES.

C'est pas vrai, tu mens!

PIERRE.

Oui, cassée par toi, parce que je voulais pas voler un habit pour toi à la porte d'un fripier.

JACQUES, colère.

Tu mens, que je te dis... c'était un manteau.

PIERRE.

Enfin, t'as toujours eu l'idée de faire voler par les autres. Après moi, ça été le tour de c'te pauvre Marianne.

JACQUES, *colère, menaçant de le frapper.*

Marianne! Je te défends de me parler de celle-là. Une ingrate qui a mieux aimé se faire mettre en cage que de vivre avec moi.

PIERRE.

Elle voulait devenir honnête femme.

JACQUES.

Et elle fait son éducation avec les vertus de la Salpêtrière! dans le pensionnat du lieutenant de police; c'est une sans-cœur!

PIERRE.

Faut être juste, elle ne t'a pas chargé.

JACQUES.

En v'là assez; je ne veux plus y penser. J'en trouverai une autre, une plus belle, et qui sera plus adroite. Quant à toi, puisque l'avorton ne te va plus, je t'appellerai Cupidon ou le petit Vénus!

PIERRE, *découragé.*

Fais ce que tu voudras!

JACQUES.

Mais j'y pense, c'est devant la petite Louise que t'aimes pas qu'on te donne ce nom-là!... Est-ce que par hasard?... (*Riant.*) Ah! ah! ah! mais ça serait trop drôle!

PIERRE, *troublé.*

Quoi donc?

JACQUES.

Et pas trop bête en même temps... une aveugle!.. il n'y a pour elle ni beau ni vilain homme!... Ah! t'es amoureux de notre aveugle!

PIERRE.

Moi? En v'là une idée!

JACQUES.

Alors pourquoi que tu me demandes de te débaptiser?

PIERRE.

Ça me ferait plaisir de penser qu'il y aurait au moins sur terre une personne pour qui je ne serais pas un objet de répulsion. Je me disais : Peut-être que me croyant fait comme tout le monde, elle aura un peu d'amitié pour moi... Mais amoureux! amoureux d'elle qui est si jolie, si charmante, si adorablement belle qu'on la prendrait pour un ange.

JACQUES.

Où diable que t'as découvert tout ça, toi? C'est vrai que jusqu'ici, je ne l'ai pas regardée; je ne sais qu'une chose : c'est que ses deux quinquets sont éteints, ce qui fait que les passants en ont pitié et lui donnent pas mal d'argent.

PIERRE.

Oui, elle est aveugle; mais elle a une voix qui vous va à l'âme... une figure si résignée, si douce! et des yeux si grands et si beaux... qu'on dirait qu'ils vous regardent. Si bien que, par instants, ça me fait peur!... et je me mets à trembler à la pensée qu'elle me voit!

JACQUES.

Eh ben!... qu'est-ce que ça te fait, si tu n'es pas amoureux?

PIERRE.

Amoureux! Encore! Un misérable comme moi! Allons donc! faudrait que je sois fou!

JACQUES.

C'est égal, je ne t'appelle plus l'avorton, te v'là passé petit Vénus!

PIERRE, avec force.

Mais non, non, je ne veux pas!

JACQUES.

Oh! c'est assez de volonté comme ça, dis donc. Tu veux ce qui me plait, ou gare les taloches!

PIERRE.

Tu es l'aîné, Jacques, et tu es grand et fort... ce qui fait que je suis contraint de me courber devant toi; mais quand je vois l'usage que tu fais de ton courage et de ta force, je crois que j'aime encore mieux ma misérable faiblesse.

Jacques hausse les épaules.

JACQUES.

Ah! ah! les voilà toutes les deux.

SCÈNE II

LES MÊMES, LOUISE, LA FROCHARD, puis LE DOCTEUR et LA COMTESSE.

Louise est couverte de haillons. — Son visage est pâle, amaigri, sa démarche est chancelante. Elle arrive en chantant d'une voix brisée par la douleur et toute pleine de larmes.

LOUISE.

O ma tendre musette,
Console ma douleur.
Parle-moi de Lisette,
Ce nom fait mon bonheur.

JACQUES.

C'est vrai qu'elle a une voix qui vous remue le cœur.

LA FROCHARD.

Allons, le second couplet et de la voix.

LOUISE.

Je la revois plus belle,
Plus belle tous les jours ;
Je me plains toujours d'elle
Et je l'aime toujours.

LA FROCHARD, *faisant la quête.*

Pour une infortunée aveugle, s'il vous plaît !

PIERRE.

Ah ! comme elle a l'air souffrant et malheureux !

JACQUES.

Bon ! v'là le pigeon qui roucoule. P'tit Vénus, faut pas t'attendrir !...

Les gens qui écoutaient chanter Louise se sont éloignés.

LA FROCHARD, *revenant auprès d'elle.*

Y a pas gras !... chiens de bourgeois ; c'est toujours la même chose, ils sont vingt pour entendre chanter, et il n'en reste pas quatre quand on fait la quête.

JACQUES.

Ça vaudra mieux à la sortie de l'église...

LA FROCHARD.

Nous y reviendrons tout à l'heure. (Prenant le bras de Louise.) Allons, marchons.

LOUISE.

Je suis bien fatiguée, madame.

LA FROCHARD.

On se reposera ce soir.

LOUISE.

Mes jambes me soutiennent à peine, nous avons tant marché aujourd'hui !

LA FROCHARD.

Eh ben !... c'est ce que vous demandez, de marcher... pour tâcher de rencontrer vot' sœur et pour qu'elle vous reconnaisse.

LOUISE.

Oui, mais nous restons toujours dans le même quartier.

LA FROCHARD.

Bah ! c'est des idées que vous vous faites. Comment que vous pourriez le savoir, puisque vous n'y voyez goutte ?

LOUISE.

Je le sais, madame, et vous m'aviez promis en me recueillant...

LA FROCHARD.

Je vous ai promis de vous aider dans vos recherches... Mais je n'avais ni rentes, ni ferme en Beauce, moi, c'est pour ça qu'en cherchant je veux que vous chantiez... Faut gagner le pain que vous mangez...

LOUISE, pleurant.

Eh bien... je chante, madame...

LA FROCHARD.

Oui, comme un *de profundis*.

LOUISE, pleurant.

Je vous assure, madame, que je chante... aussi gaiment... que je le puis... mais... mais... ça ne dépend pas de moi... voyez-vous ! Quand je pense à ce que je suis... à ce que je fais... je... (Éclatant.) Ah ! je suis si malheureuse ! si malheureuse !

PIERRE, voulant s'élancer vers elle.

Louise !

4

JACQUES, l'arrêtant.

Eh bien! de quoi?

PIERRE, à part.

Ça me fait mal de la voir pleurer.

JACQUES.

Tiens! elle est gentille... quand elle pleure.

LA FROCHARD.

Assez de raisonnement comme cela... allons, en route.

LOUISE.

Oui, madame, oui.

LA FROCHARD.

N'essuyez donc pas vos yeux. C'est très-bon, des vraies larmes; ça attendrit le cœur des passants. (Un homme s'arrête, lui tend une pièce de monnaie et s'éloigne.) Qu'est-ce que je disais?... En voilà un qui a donné dedans!... (Emmenant Louise.) Pour une pauvre aveugle, s'il vous plaît...

Elles sortent; les cloches sonnent. On entre dans l'église. Pierre et Jacques remontent et disparaissent. La chaise de la comtesse arrive au fond. Le docteur à gauche.

LE DOCTEUR, s'arrêtant.

Eh! je connais cette livrée... oui... c'est celle de la comtesse de Linières.

Il s'avance et offre la main à la comtesse.

LA COMTESSE.

Ah! docteur, que je suis aise de vous rencontrer.

LE DOCTEUR.

Parce que vous supposez que cela vous dispensera de ma visite...

LA COMTESSE.

Je suis toujours enchantée de vous recevoir... comme ami.

LE DOCTEUR.

Mais vous ne vous souciez pas du médecin! Vous êtes malade, cependant, madame la comtesse.

LA COMTESSE.

Non.

LE DOCTEUR.

Et cette maladie n'est pas récente. Il y a des années qu'elle vous mine, qu'elle vous tue.

LA COMTESSE.

Vous vous trompez, docteur, je vous assure que...

LE DOCTEUR.

Soit; vous vous portez à merveille, madame la comtesse...
et c'est la santé qui imprime à votre visage cette expression
de tristesse, c'est elle qui donne à vos regards cet éclat fé-
brile.

LA COMTESSE, avec une gaieté affectée.

Je ne sais en vérité où vous prenez tout cela. Si je suis si
dangereusement malade... eh bien, guérissez-moi, docteur.

LE DOCTEUR.

Faut-il que je vous parle sincèrement?

LA COMTESSE.

Sans doute.

LE DOCTEUR.

Eh bien, c'est votre âme qu'il importe de soigner.

LA COMTESSE, émue.

Mon âme!

LE DOCTEUR.

Voulez-vous réellement guérir?

LA COMTESSE, vivement.

Si je le veux!

LE DOCTEUR.

Adressez-vous alors au grand médecin... (Montrant l'église.)
qui donne-là ses consultations. Il en sait, sur le mal dont vous
souffrez, plus long que moi et que tous mes confrères.

La comtesse émue lui prend la main, qu'elle serre avec affection. Elle va pour
parler, s'arrête, regarde le portail de l'église, vers lequel elle se dirige
lentement.

LE DOCTEUR, lorsqu'elle a disparu.

Oui, oui, un excellent cœur, miné par le chagrin. Une
noble et digne femme que la douleur tuera. (Consultant sa
montre.) Mais il est l'heure de me rendre à l'hôpital et de là à
la Salpêtrière.

LA FROCHARD, accourant et traînant Louise après elle.

Mon bon monsieur...

LE DOCTEUR.

Allez au diable!

LA FROCHARD.

Pour une pauvre aveugle, s'il vous plaît.

LE DOCTEUR.

Une aveugle, qui?... cette jeune fille?...

LA FROCHARD.

Hélas! oui, mon bon monsieur du bon Dieu.

LE DOCTEUR.

A cet âge? Malheureuse enfant!

LA FROCHARD.

Ah! oui, que c'est bien malheureux pour sa pauv' famille, mon doux seigneur.

LE DOCTEUR.

Laissez-moi regarder ses yeux.

LA FROCHARD, durement.

Pourquoi faire?

LE DOCTEUR.

Tenez, mettez-vous là un instant, mon enfant.

LA FROCHARD.

Il n'y a point de remède, allez!

LE DOCTEUR.

Qui vous a dit cela?

LA FROCHARD.

Qui? bédame, on me l'a toujours dit.

LE DOCTEUR.

Laissez-moi voir, mon enfant. (Il la regarde de près.) Je suis médecin.

LOUISE, avec joie.

Médecin!

LA FROCHARD, à part.

Un médecin... de quoi qu'il se mêle?...

LE DOCTEUR.

Vous n'êtes point aveugle de naissance?..

LOUISE.

Non, monsieur. C'est à quatorze ans que ce malheur m'a frappée.

LE DOCTEUR.

A quatorze ans !... Et depuis, on ne vous a soumis à aucun traitement ?

LOUISE, vivement.

Depuis, monsieur...

LA FROCHARD, l'interrompant.

Nous sommes si pauvres, monsieur le médecin, qu'il n'y a pas eu moyen...

LOUISE.

Ah ! monsieur, par grâce, par pitié, parlez-moi, dites, est-ce que vous croyez qu'il me soit permis d'espérer ?... Si vous saviez, monsieur, à quel épouvantable malheur vous m'arracheriez.

LA FROCHARD.

Ah ! dame, oui, aveugle ! y a pas plus malheureux que ça. Et si elle voyait, elle pourrait travailler, au lieu de tendre la main... C'est-y pas vrai, ma chérie ?

LOUISE, tremblante.

Oui, oui, je... travaillerais... je...

LE DOCTEUR.

Calmez-vous, mon enfant... et vous, la mère, approchez.

Il la prend à l'écart.

LA FROCHARD.

Me v' là, mon généreux médecin.

Elle tend la main.

LE DOCTEUR, bas.

Ecoutez. Il faut la préparer avec ménagement, ne pas lui dire tout de suite ce que j'espère.

LA FROCHARD.

Ce que vous espérez !

LE DOCTEUR.

Sa tête s'exalterait trop vivement et le sang affluerait au cerveau et aux yeux.

LA FROCHARD.

Bon, bon. On l'empêchera d'y fluer.

LE DOCTEUR.

Mais je vous l'affirme, à vous, l'opération peut réussir.

LA FROCHARD.

Ah bah !

4.

LOUISE.

Que lui dit-il ?

LA FROCHARD.

Ah ! elle peut...

LE DOCTEUR.

Chut ! Amenez-la-moi à l'hôpital Saint-Louis.

LA FROCHARD.

Oui, oui, à l'hôpital... connu... j'y ai été souvent.

LE DOCTEUR.

En effet, je crois me rappeler vous avoir donné des soins... vous êtes, attendez donc... oui, la veuve...

LA FROCHARD.

La veuve du supplicié, dites le mot, allez.

LE DOCTEUR.

La veuve Frochard. Mais je ne vous connaissais pas cette enfant.

LA FROCHARD.

Ça m'est revenu de province, où ça souffrait la misère ; je l'ai recueillie par bon cœur, pour y faire un sort.

LE DOCTEUR à part.

Un sort !... (Haut.) Tout à l'heure, quand elle sera un peu plus calme, dites-lui bien doucement une partie de mes es- pérances... et plus tard...

LA FROCHARD.

C'est convenu... ben doucement... allez... fiez-vous à moi....

LE DOCTEUR ; il donne à Louise une pièce de monnaie et s'éloigne.

Tenez, pauvre enfant, prenez ceci et du courage, enten- dez-vous ; je vous reverrai. Du courage !

LA FROCHARD, le suivant.

Que le bon Dieu vous bénisse, mon doux médecin, et qu'il vous conserve la vie et la santé...

Elle redescend.

LOUISE, très-agitée.

Madame, que vous disait-il quand il vous a parlé tout bas ?

LA FROCHARD.

Il me disait que c'était pas la peine d'aller le trouver ; y a pas d'espoir.

LOUISE.

Oh! mon Dieu! mon Dieu!...

LA FROCHARD, se tournant vers le côté par lequel est sorti le docteur.
— A part.

Plus souvent que je te la conduirai, faut même plus qu'il
la rencontre. (Haut.) Tenez, je suis une bonne femme, vous dites que nous restons toujours dans les mêmes rues... eh
bien, à partir d'aujourd'hui, nous changerons de quartier.

LOUISE.

Ah! je vous remercie, madame. (Bas.) Il me reste du moins
l'espoir de retrouver Henriette.

JACQUES, reparaît, puis Pierre.

Eh bien! ça marche-t-il, la recette?

LA FROCHARD.

Tiens! au fait! quoi qu'il a donné, le médecin?

LOUISE, tendant la pièce.

Tenez, madame.

La Frochard tend la main pour la prendre, Jacques se place entre elle
Louise et saisit la pièce de monnaie.

JACQUES.

Un écu!... Ces gueux de médecins! faut-il qu'ils écorchent
les malades pour pouvoir donner autant que ça à la fois.

LA FROCHARD.

Ah! ça, et moi!

JACQUES.

Vous, la mère! il fait froid, je vous paie une chopine
d'eau-de-vie.

LA FROCHARD.

Avec mon argent... brigand!... Va, mon amour; vous, la
petite, quand on sortira de la messe, chantez ferme, de la
voix, et pas de paresse. Je suis là, en face, et je guette.

LOUISE.

Oui, madame.

JACQUES.

Allons, allons, la mère.

LA FROCHARD.

Pierre, où donc est-il? Hé! Pierre, fais-la asseoir sur les
marches de l'église.

PIERRE.

Oui ! ma mère !...

Il s'approche de Louise.

JACQUES, le repoussant.

Tiens-toi tranquille, petit Vénus; je m'en charge; c'est vrai tout de même que pour une aveugle...

Il prend la main de Louise et la fait asseoir.

LA FROCHARD, à Pierre.

Reste là, toi, et veille à ce que personne ne lui parle.

PIERRE.

J'y veillerai.

JACQUES, avec ironie.

Oh ! y a pas de danger qu'il la laisse envoler. (Regardant encore Louise.) Ma foi, oui, elle est fièrement gentille !

LA FROCHARD.

Viens donc, Jacques !

JACQUES.

Voilà, la mère, voilà !

Il sort avec la Frochard; la neige tombe à gros flocons.

SCÈNE III

LOUISE, PIERRE.

LOUISE, qui a passé plusieurs fois la main sur ses épaules.

J'ai froid !... (Pierre fait un geste de compassion et ôte son habit.) j'ai bien froid !...(Pierre lui met son habit sur les épaules.) Ah ! c'est vous, Pierre ?

PIERRE.

Oui, mam'selle je suis là.

LOUISE.

Dès que j'ai senti qu'on avait pitié de moi, votre nom est venu tout de suite sur mes lèvres. (Touchant le vêtement.) Mais... c'est votre habit, cela... Eh bien, et vous, Pierre ?

PIERRE.

Moi !... j'ai... j'ai ma limousine, mon habit de dessous, ma veste en futaine et puis... j'en ai trop, j'étouffe.

Il grelotte.

LOUISE.

Sans vous, Pierre, je serais peut-être déjà morte.

PIERRE.

Morte !...

LOUISE.

Je n'aurais pas eu la force de supporter la vie que je mène.

PIERRE.

Oui, on vous rend bien malheureuse; mais qu'est-ce que je fais, moi pour adoucir votre sort?... je ne puis rien, hélas!

LOUISE.

Dès les premières paroles que vous m'avez dites, j'ai compris que vous seriez pour moi un ami, peut-être un jour un défenseur.

PIERRE.

Un défenseur! mais je n'en aurais pas la force. Mon cœur se révolte à la vue de vos souffrances. Lorsqu'on vous maltraite, j'ai des accès de colère et de désespoir; mais je suis bien faible, hélas! et quand je voudrais vous secourir, je vous le répète, je ne peux rien, rien...

LOUISE.

Et ces bonnes paroles que vous me dites!... et ces soins de chaque jour, et tout à l'heure encore! (Elle porte la main à l'habit qu'elle a sur les épaules.) Mais c'est votre pitié qui soutient mon courage et je vous en remercie, mon ami... (Elle lui tend une main qu'il saisit avec empressement; de l'autre elle tâte le bras de Pierre, et s'aperçoit qu'il est en manches de chemise.) Ah! égoïste que je suis!...

Elle retire l'habit qu'elle lui tend.

PIERRE.

Non.

LOUISE.

Je le veux, Pierre, mon ami, je le veux... (Pierre reprend l'habit et baise la main de Louise.) je n'ai plus froid d'ailleurs... Et puis, qu'est-ce que cela auprès de tout ce que j'ai souffert!... Nous la chercherons ensemble, m'avait dit votre mère!... et j'ai bientôt compris ce qu'on exigeait de moi!... j'ai compris qu'on ne m'avait recueillie que pour me couvrir de haillons et me dire: maintenant il faut tendre la main et demander l'aumône!... Ah!... j'ai cru mourir de désespoir et de honte!... Il faut chanter m'a-t-on dit. Chanter! comment l'aurais-je fait, hélas!... les larmes étouffaient ma voix!... Je ne peux pas, je ne peux pas, m'écriais-je, et pour m'y forcer, ils m'ont laissé deux jours sans manger... je n'ai pas eu la force de résister plus longtemps, j'ai demandé grâce et pour un peu de pain... j'ai chanté et je chante tous les jours...

PIERRE, avec douleur.

Et c'est ma mère, ma mère et mon frère qui font cela ! Et moi ! moi... Ah ! comme vous devez nous haïr.

LOUISE.

Vous !... oh ! non !... pas vous, mon ami !... Plus tard j'ai eu du courage, et ce qui me soutenait, c'est comme une inspiration qui m'est venue. Je me suis dit qu'en allant ainsi chanter et mendier de quartier en quartier et de maison en maison, ma voix arriverait peut-être jusqu'à ma sœur et que je serais sauvée ! et je chantais, alors, et je criais à la fin de ma chanson : Henriette ! c'est moi, Louise, ta sœur; m'entends-tu, Henriette, m'entends-tu ?...

PIERRE.

Mais on a eu peur qu'elle vous entende un jour...

LOUISE.

Oui, et l'on m'a ramenée sans cesse aux mêmes endroits.

PIERRE.

Où l'on savait que vous ne la trouveriez pas.

LOUISE.

Et quand je finis ma chanson, ou elle ne me permet plus de crier et d'appeler Henriette comme je le faisais, ou bien si j'essaie encore...

PIERRE.

Elle vous saisit le bras... dans ses doigts de fer...

LOUISE.

Oui, elle me serre à me briser le poignet... Oh ! mais ça m'est égal, que je me trouve dans un quartier nouveau... Elle peut me torturer, j'appellerai toujours...

PIERRE, bas.

Chut !... et vous n'avez jamais eu la pensée de vous enfuir?

LOUISE.

Si fait, j'y ai songé ; mais à qui m'adresserais-je? Et si quelqu'un avait pitié de moi savez-vous ce que l'on ferait?... on m'enfermerait dans l'asile des aveugles, et mon dernier espoir s'évanouirait pour jamais...

PIERRE, baissant la tête.

C'est vrai.

On entend l'orgue et la cloche qui sonne lentement.

LOUISE.

Ecoutez !... la messe est finie... on va sortir de l'église...

PIERRE.

La mère va revenir.

LOUISE.

Et si elle ne m'entendait pas chanter !...

Elle s'agenouille au bas des marches et se met à chanter pendant la sortie de l'église.

II

O passants charitables,
Venez à mon secours ;
Mes jours sont lamentables,
Pour moi la nuit toujours.
Soulagez ma misère ;
Chacun vous le dira,
A qui donne sur terre,
Au ciel Dieu le rendra.

SCÈNE IV

LES MÊMES, LA COMTESSE, puis LA FROCHARD,
JACQUES, PASSANTS, etc.

Le valet de pied a fait approcher la chaise dont il tient la porte ouverte.

LA COMTESSE, qui s'est arrêtée sur les marches.

J'ai bien demandé à Dieu de me faire retrouver ma fille !
(Mettant une aumône dans la main de Louise.) Dieu m'aura-t-il entendue ?

LOUISE.

III

O ma tendre musette,
Musette mes amours,
Toi qui chantais Lisette,
Lisette et les beaux jours,
D'une vaine espérance
Tu m'avais trop flatté,
Chante ton inconstance
Et ma fidélité.

LA COMTESSE, qui s'est arrêtée pour écouter Louise et qui s'approche.

Il y a dans la voix de cette jeune fille quelque chose de
tendre et de douloureux qui saisit et qui fait mal. (Elle

s'approche encore de Louise.) Ah! mon Dieu, ce regard fixe! (Haut.) Mon enfant... (Louise tourne la tête de son côté.) est-ce que vous ne voyez pas?

LOUISE.

Non, madame.

LA COMTESSE.

Ah! quel malheur!

LOUISE.

Vous me plaignez, madame?...

LA COMTESSE.

Oui.

LOUISE.

Vous me plaignez parce que je suis aveugle!... Eh bien, ce n'est pas le plus grand des malheurs qui m'ont frappée!...

La Frochard reparaît.

LA COMTESSE.

Que dites-vous? Parlez, pauvre petite, parlez... je suis riche... et je pourrais peut-être...

LOUISE.

Ah! si j'osais!...

LA FROCHARD, se rapprochant.

Hein?...

LA COMTESSE.

Vous avez une famille?... une mère?...

LOUISE, avec force.

Une famille! une mère!...

LA FROCHARD, s'élançant et saisissant le poignet de Louise.

Oui, ma belle dame, oui, une bonne mère, j'ose le dire...

LA COMTESSE.

Ah! c'est votre fille?

LA FROCHARD.

La plus jeune de mes sept que j'ai eu bien du mal à élever. C'est ça que la petite allait vous dire.

LOUISE.

Moi, je...

LA FROCHARD.

Pas vrai, mon enfant?

Elle lui serre le poignet; Louise baisse la tête et étouffe un cri de douleur.

LA COMTESSE.

Elle est bien pâle et semble toute malade.

LA FROCHARD.

Les bonnes âmes charitables en ont compassion et une fois rentrée, elle est bien soignée, bien dorlotée... pas vrai, ma chérie? (Bas, lui serrant le poignet.) Eh! parle donc!

LOUISE, avec effort.

Oui, oui...

LA COMTESSE.

Tenez, vous donnerez cela à votre mère et vous prierez pour moi.

LOUISE.

Je vous le promets, madame.

La comtesse monte dans la chaise, Jacques reparaît au fond.

LE VALET, avant de fermer.

Où va madame la comtesse? à l'hôtel?

LA COMTESSE.

Non. (A part.) J'ai promis au chevalier de voir cette jeune fille. (Haut.) Faites-moi conduire à l'adresse que je vous ai donnée.

LE VALET, aux porteurs.

Faubourg Saint-Honoré.

Il ferme la porte et la litière s'éloigne.

LA FROCHARD, s'emparant de ce que la comtesse a donné à Louise.

Un louis d'or!... allons, la journée sera bonne. En route, pétiote, et de la voix!

Elle entraîne Louise vers le fond; la neige tombe à gros flocons. Louise chantant et marchant.

JACQUES à Pierre qui a fait quelques pas pour la suivre, lui frappant sur l'épaule.

Reste là, toi, il faut que je te parle

PIERRE.

Qu'as-tu à me dire?

JACQUES.

Je te défends de suivre Louise...

G

PIERRE, tremblant.

Comment... tu...

JACQUES.

Je te défends de penser à elle.

PIERRE.

Moi! ne plus penser à Louise! Et pourquoi, Jacques, pourquoi?

JACQUES.

Pour que je ne te casse pas les reins, l'avorton!...

En disant ces mots il lui appuie les deux mains sur les épaules et le force de tomber à genoux.

PIERRE.

Tue-moi si tu veux, Jacques, (A part.) mais tu ne m'empêcheras pas de l'aimer.

Rideau.

TROISIÈME ACTE

La chambre d'Henriette. — Entrée au fond. — Fenêtre à droite. Dans un enfoncement, à gauche, le lit est en partie masqué par des rideaux de toile. Une petite table chargée de travaux de couture. Des chaises en paille, une lampe sur la cheminée.

SCÈNE PREMIÈRE

HENRIETTE, seule, assise, près de la table et travaillant.

Trois mois! trois mois entiers se sont écoulés depuis notre horrible séparation. Roger m'avait promis de venir m'apprendre le résultat de ses démarches. Le temps passe et il ne vient pas! Il sait avec quelle douloureuse impatience je les attends ces nouvelles qui, cependant, hélas! sont les mêmes chaque jour. Et il ne vient pas!!! Ah! je suis coupable et j'essaie vainement de me mentir à moi-même! Non, ce n'est pas seulement pour qu'il te parle de ta pauvre Louise, que tu l'attends, lui!... Ce n'est pas pour écouter les paroles qui sortent de ses lèvres, c'est pour lire dans ses yeux les pensées qu'il ne te dit pas. (Écoutant des pas au dehors.) Le voilà! c'est lui!

On frappe; elle va ouvrir.

SCÈNE II

HENRIETTE, ROGER.

ROGER.

Henriette! (Il lui prend la main et la regarde.) Qu'avez-vous?

HENRIETTE.

Moi? rien...

ROGER.

Vous semblez tout émue...

HENRIETTE.

Je vous attendais... (Se reprenant.) J'attendais... les nouvelles
que vous m'apportez peut-être...

ROGER.

Rien encore !

HENRIETTE.

Hélas ! comme toujours.

ROGER.

Bientôt, je l'espère, nous serons plus heureux, bientôt
c'est de la pauvre petite abandonnée que nous nous occu-
perons... exclusivement ; mais aujourd'hui, Henriette, je
voudrais vous parler de... de... vous... de moi...

HENRIETTE.

Je sais, monsieur le chevalier, tout ce que vous auriez à
me dire. Vous m'avez courageusement, et au péril de vos
jours, sauvée d'un piége odieux, infâme ; votre générosité
m'a ensuite offert les moyens d'existence qui me man-
quaient.

ROGER.

Et vous avez refusé... préférant ne les devoir qu'à votre
travail.

HENRIETTE.

Ai-je eu tort? J'ai trouvé dans cette maison que j'habite,
une excellente femme qui me donne plus d'ouvrage qu'il ne
m'en faut pour vivre ; mais croyez que mon âme n'est pas
moins reconnaissante de tout ce que vous avez fait pour moi.

ROGER.

Et n'est-il pas entre nous aucun autre lien? N'avez-vous
pas compris, Henriette, ce qui se passe dans mon cœur?
Hier, je pouvais encore imposer silence à mon amour, aujourd'hui tout me fait une loi de parler. Henriette je vous
aime ! (Henriette s'appuie sur le dossier de la chaise.) non, pas d'un
amour banal dont vous auriez le droit d'être offensée ; je
vous aime depuis le jour où je vous ai vue tremblante et désespérée, puis, courageuse et fière, défendant votre honneur
par la prière, la menace et les larmes ; je vous aime, depuis
la première parole que vous m'avez adressée, et cet amour
que cette parole a fait naître, je vous jure qu'il ne finira
qu'avec ma vie. Je le jure à vos pieds, devant Dieu, qui
nous regarde et qui m'entend.

Henriette porte la main à son cœur.

HENRIETTE, pouvant à peine parler.

Ah! c'est mal... c'est bien mal ce que vous faites là!...
Est-ce que je n'avais pas compris, deviné depuis longtemps
tout ce que votre cœur s'efforçait de me cacher?... Hélas!
je n'en étais que trop distraite de la seule pensée qui devait
remplir ma vie, mais il ne fallait pas me forcer à vous l'a-
vouer.

ROGER.

Henriette!...

HENRIETTE.

Il fallait comprendre que je n'ai pas le droit de m'abandonner à la joie d'être aimée, tant que ma mission n'est pas
remplie!... Laissez-moi tout entière à ce devoir sacré, et
lorsque Louise sera dans mes bras, lorsqu'elle sera rendue
à ma tendresse, à la protection, aux soins que je lui dois,
j'aurai le droit d'être heureuse... et alors, oh! alors, dites-
moi que vous m'aimez, je ne vous ordonnerai plus de vous
taire.

Elle lui tend la main.

ROGER.

Henriette! chère Henriette!

Il lui prend la main, la couvre de baisers. — En ce moment on frappe à la porte.

SCÈNE III

LES MÊMES, PICARD.

PICARD, sans entrer.

Ne vous dérangez pas.

HENRIETTE.

Ah!

ROGER.

Picard?

PICARD.

Ce n'est que moi, monsieur le chevalier, ce n'est absolument que moi.

ROGER.

Que me veux-tu?... Qu'est-ce qui ... t'amène? (A Henriette.)
Ce garçon est mon valet de chambre.

PICARD, gaîment.

Oui, mademoiselle, oui, Picard... le fidèle et discret Picard. (A part.) Dans une mansarde !... chez la soubrette sans
doute... il va bien... il va très-bien !

ROGER, brusquement.

Allons, voyons, parle! qui t'amène?

PICARD, mystérieusement.

Je dois faire à monsieur le chevalier une communication
importante.

ROGER, à part.

Que signifie?...

HENRIETTE.

Moi, il faut que je descende bien vite, ce mantelet... que
l'on attend.

Elle se dirige vers la porte.

PICARD.

Elle va chez sa maîtresse ; elle est très-gentille, cette petite.

ROGER, la suivant.

Je vous reverrai, Henriette?

PICARD.

Il la reverra.

HENRIETTE.

Oui... oui... tout à l'heure...

Elle sort.

PICARD, à part, se frottant les mains.

Jolie à croquer, la caMériste. La maîtresse en bas... la
petite suivante en haut : c'est complet.

SCÈNE IV

ROGER, PICARD.

ROGER.

Nous voilà seuls ; m'expliqueras-tu... comment il se fait
que tu te permets de venir me relancer jusqu'ici?...

PICARD.

J'ai eu l'infamie de suivre monsieur!

ROGER.

Quoi!... maraud!...

PICARD, avec joie.

Maraud! très-bien! voilà les bonnes traditions qui revien-
nent!

ROGER.

Que dis-tu?

PICARD.

Maraud n'est même pas assez fort... Quand on pense que
je voulais quitter le service de monsieur, et que j'avais prié
l'oncle de monsieur de me reprendre à monsieur!

ROGER.

Enfin!

PICARD.

Mais quand j'ai su que monsieur le chevalier avait changé
d'idée... et de mœurs... que monsieur était enfin redevenu...

ROGER.

Redevenu quoi?

PICARD.

La fine fleur des vrais gentilshommes...

ROGER.

Qu'est-ce à dire?... drôle!

PICARD, à part.

Drôle! parfait! parfait! ça revient complétement!... Encore
un peu, et le pied fera son office comme la parole.

ROGER, réfléchissant. — A lui-même.

Mon oncle mêlé à tout ceci... que signifie?...

PICARD.

Cela signifie que monsieur le comte ayant intérêt sans
doute à connaître nos petites fredaines, m'a chargé de m'en-
quérir afin de...

ROGER.

C'est-à-dire que tu m'espionnais!

PICARD.

Complétement; j'ai suivi monsieur le chevalier jusqu'à la
porte de cette maison... j'ai attendu un bout de temps par

discrétion, mais ne le voyant pas ressortir, je suis entré pour m'informer adroitement, et d'étage en étage, ne trouvant personne, j'ai fini par grimper jusqu'ici, et je suis arrivé... chez la petite femme de chambre.

ROGER.

La femme de chambre ?

PICARD.

Elle est charmante !... charmante !... charmante !... et si la maîtresse vaut la soubrette...

ROGER, avec colère.

Assez !... pas un mot de plus, faquin, ou sinon...

PICARD, tendant le dos.

Bon ! le pied va marcher, ça va venir, ça va... (Voyant que son maître se calme tout à coup.) non... ça ne vient pas !

ROGER.

Monsieur Picard, écoutez-moi bien !

PICARD.

Je suis tout oreilles, monsieur.

ROGER.

Vous allez retourner chez monsieur de Linières ; vous lui direz que vous m'avez suivi pas à pas, et trouvé chez la personne que j'aime...

PICARD.

C'est-à-dire, chez sa camér...

ROGER.

Chez elle !...

PICARD.

Comment ! chez elle ?... C'est ici que la dame... c'est ici qu'elle demeure ?

ROGER.

Et tu ajouteras que je n'aurai jamais d'autre femme que cette jeune fille...

PICARD.

Hein ?... plaît-il ?... pardon, quelle jeune fille, s'il vous plaît ?

ROGER.

Eh ! parbleu !... celle qui était là tout à l'heure.

PICARD.

La petite femme de chambre ?

ROGER.

Misérable !...

PICARD, tendant le dos.

Allons... allons donc !

ROGER, voyant la porte s'ouvrir.

Plus un mot ! silence ! c'est elle !

SCÈNE V

Les Mêmes, HENRIETTE.

HENRIETTE, tout en larmes et se jetant sur une chaise.

Quelle honte !... mon Dieu ! quelle honte ! Ah ! je ne méritais pas une pareille offense !...

ROGER.

Que s'est-il donc passé ?... qui a pu motiver l'état où je vous vois ?

HENRIETTE, se levant.

On me chasse de cette maison !

ROGER.

On vous chasse... vous !... Et pourquoi ?...

HENRIETTE.

Parce qu'on prétend que je suis... votre...

PICARD, à part.

Ah ! dame !

ROGER.

Ma maîtresse ! vous, si honnête et si pure, vous que j'ai toujours respectée comme une sœur.

PICARD.

Une sœur ! ah ça ! je n'y suis plus du tout, moi !...

ROGER.

Qui donc a répandu cette odieuse calomnie ?

HENRIETTE.

Les gens du quartier, sans doute !... Et la maîtresse de cette maison qui m'avait accueillie, qui me donnait de l'ou-

5.

vrage... m'a déclaré, devant tout le monde, qu'elle ne pouvait plus m'employer, ni garder chez elle, parce qu'elle a des enfants, deux jeunes filles, et que ma conduite fait scandale; Enfin... enfin, que vous dirai-je ? elle me chasse.

PICARD.

Pauvre petite !... mais... mais c'est injuste, ça, monsieur!

ROGER.

C'est une action monstrueuse, infâme !

PICARD.

Oui, infâme, car enfin... mademoiselle... du moment que vous êtes toujours... (Henriette le regarde, étonnée.) Non, je veux dire que vous n'êtes pas encore... ah! je ne sais plus ce que je dis, moi.

ROGER.

Henriette, séchez vos larmes, relevez la tête !... Oui, vous quitterez cette maison, mais vous n'en sortirez pas pour habiter une misérable mansarde... C'est chez moi, c'est dans mon hôtel que vous habiterez !

PICARD.

Hein !

ROGER.

Le vôtre !... Henriette, car vous y entrerez au bras de votre mari ...

PICARD.

Oh ! oh ! il va un peu loin ! il va un peu loin !

HENRIETTE.

Moi... votre femme!... non, non, c'est impossible !

ROGER.

Henriette !

PICARD.

Impossible !... je crois bien !... et nos grands parents !...

HENRIETTE.

Je comprends tout ce qu'il y a de noble et de généreux dans l'offre que vous me faites et je vous en remercie ; mais je comprends aussi la distance qui nous sépare ; elle me dicte mon devoir et je refuse !

ROGER.

Vous refusez ?

PICARD, avec admiration.

C'est très-bien ce qu'elle dit là!

ROGER.

Vous refusez, Henriette, et vous croyez ne sacrifier que vous-même! vous ne songez pas à moi dont vous êtes tout l'espoir, tout le bonheur, toute la vie!

PICARD, ému.

C'est aussi très-bien ce qu'il dit là!

HENRIETTE.

Puis-je, malgré sa volonté, entrer dans votre famille?... Puis-je devenir pour elle un objet de haine, et pour vous, une cause d'inimitié, de persécution peut-être?... Non!... non!... Il faut nous séparer, il faut cesser de nous voir!

ROGER.

Jamais!... Si ma famille me refuse son consentement, je saurai m'en passer.

PICARD, avec force.

Eh bien!... oui... nous nous en passerons, tant pis!

ROGER.

Est-ce que votre sagesse ne vaut pas mon titre de chevalier?

PICARD.

Elle le vaut, monsieur, elle le vaut!

ROGER.

Est-ce que votre beauté, votre innocence, vos vertus ne valent pas autant que ma fortune?...

PICARD.

Ça vaut dix fois plus, monsieur!... (A part.) Ah! mais... saperlotte!... comme je vais, moi! comme je vais!...

ROGER.

Picard, mon chapeau, et partons!

PICARD.

Oui, monsieur, partons! (A part.) Je serais capable de les marier tout de suite!

ROGER.

Henriette, c'est tout notre avenir, c'est notre bonheur à tous deux que je cours assurer.

HENRIETTE.

Adieu! adieu!

ROGER.

Non, laissez-moi le courage dont je vais avoir besoin...
Ne me dites pas adieu... mais au revoir, mon Henriette, au
revoir !...

HENRIETTE, lui tendant la main et s'efforçant de sourire.

Au revoir !

PICARD.

Au revoir, mademoiselle, je vous respecte, je vous estime,
je vous ad... Ah ! j'ai joliment rempli les ordres de monsieur
le comte !

Il sort.

SCÈNE VI

HENRIETTE.

Non, je ne le reverrai plus !... je ne renouvellerai pas cette
lutte douloureuse entre mon amour et mon devoir !... Ah !
nous nous aimions bien cependant... mais c'était un trop
beau rêve, hélas !... et qui ne m'a déjà rendue que trop coupable. Oui, coupable ! car j'avais des instants d'oubli, j'avais
des heures de joie et de bonheur... mais le réveil ne s'est
pas fait attendre ! le châtiment n'a pas été lent à venir !...
Insultée, chassée de cette maison !...

SCÈNE VII

HENRIETTE, LA COMTESSE.

LA COMTESSE, poussant la porte.

Mademoiselle Henriette, je vous prie ?

HENRIETTE, se retournant et surprise.

C'est moi, madame.

LA COMTESSE.

Mademoiselle, voulez-vous me permettre d'entrer et de
causer un instant avec vous ?

HENRIETTE.

Oui, madame.

LA COMTESSE.

Vous m'avez été vivement recommandée, mademoiselle.

HENRIETTE.

Moi ?... recommandée... Je ne comprends pas...

LA COMTESSE.

Je fais partie... d'une société de personnes charitables, et
si le bien qu'on m'a dit de vous est justifié, je pourrais vous
être utile, vous venir en aide.

HENRIETTE.

Je ne suis pas malheureuse !... (Se reprenant.) Hélas ! ce n'est
pas ce que je voulais dire : je ne suis pas pauvre, madame,
je travaille.

LA COMTESSE, à part.

Bien ! (Haut.)Je ne pourrais donc rien faire pour vous, mon
enfant ?

HENRIETTE.

Rien !... ou plutôt... oui, madame, oui, j'accepte votre
secours... je l'implore même...

LA COMTESSE.

Parlez !...

HENRIETTE.

Mais ce n'est pas votre argent, ce n'est pas une aumône
que je vous demande, c'est un asile, où je puisse vivre
obscure, résignée, ignorée, loin du mensonge !... loin de la
calomnie !... loin de lui surtout !...

LA COMTESSE.

Lui !... c'est un jeune homme qui vous aime et que vous
aimez, n'est-ce pas ?

HENRIETTE, baissant les yeux.

Oui.

LA COMTESSE.

Et vous songez à le fuir pour n'être pas sa maîtr...

HENRIETTE, fièrement.

Pour garder mon courage, et n'être pas sa femme !

LA COMTESSE.

Sa femme !

HENRIETTE.

C'est le titre qu'il m'offrait, il n'y a qu'un instant.

LA COMTESSE.

Et vous l'avez refusé ?

HENRIETTE.

Je l'ai refusé, madame.

LA COMTESSE.

C'est bien, et mon devoir à présent est de vous parler en toute franchise, en toute loyauté, et à visage découvert, mademoiselle Henriette ; je suis la parente du chevalier de Vaudrey, je suis presque sa mère... L'amour qui vous unit, je le connaissais, et j'avais pris sa défense contre mon mari lui-même.

HENRIETTE.

Vous, madame !...

LA COMTESSE.

Mais la réflexion m'est venue, la raison a repris ses droits, et je vous le dis, Henriette, le parti que vous songez à prendre est le seul que je puisse conseiller, car ce n'est pas uniquement notre famille, c'est la toute-puissante volonté du roi qui s'opposerait à ce mariage.

HENRIETTE.

Je m'étais tracé ma route avant de vous avoir vue, madame... celle du sacrifice et du devoir.

LA COMTESSE.

Je le sais, je sais aussi que nous sommes riches et puissants.

HENRIETTE, relevant la tête.

Puissants...

LA COMTESSE.

Et si quelque jour, nous pouvons reconnaître votre désintéressement...

HENRIETTE.

Le reconnaître ! vous le pouvez, madame, vous le pouvez bientôt, aujourd'hui même.

LA COMTESSE.

Comment ?

HENRIETTE.

Ecoutez-moi donc, madame. De mon cœur, de ma tendresse, j'avais fait deux parts : l'une qui lui appartenait à lui !... l'autre... ah ! l'autre, je vous en ai fait le serment, madame, c'était la plus grande, la meilleure, la plus pure... l'autre, je l'avais donnée à une pauvre et chère enfant qu'on

a cruellement séparée de moi. Et la voilà seule errante dans
Paris!... Votre famille est toute puissante; eh bien!... qu'on
la recherche, qu'on la retrouve, qu'on me la rende, madame!... et j'imposerai silence à mon cœur, j'en arracherai
mon amour. Et quel amour, grand Dieu! Qu'on me la rende
enfin, et je disparaîtrai, je m'exilerai pour toujours. Voyons
dites, madame; est-ce que c'est trop demander?

LA COMTESSE.

Non, mon enfant, non! je vous promets mon aide, mon
appui, et cela sans retard, sans délai!... Voyons, parlez,
donnez-moi son nom, son signalement.

HENRIETTE.

Son signalement, hélas! n'est que trop facile à donner!
L'infortunée a seize ans... elle est aveugle!...

LA COMTESSE.

Aveugle!... aveugle!...

HENRIETTE.

Et elle se nomme Louise, madame!

LA COMTESSE.

Louise!... c'est un nom qui m'est cher! Oh! soyez tranquille, mon enfant, on la cherchera bien vite, votre sœur.

HENRIETTE.

Elle n'est pas ma sœur, madame.

LA COMTESSE.

Elle n'est pas...

HENRIETTE.

Non, madame, mais je lui dois à moi seule la tendresse
de toute une famille, puisque mon père, ma mère et moi
elle nous a sauvés de la misère.

LA COMTESSE.

Qu'a-t-elle pu faire pour cela, cette malheureuse petite
aveugle?

HENRIETTE.

Mon père l'avait trouvée sur les marches d'une église.

LA COMTESSE.

Trouvée!... Ah! c'est une pauvre enfant trouvée!... Con-
tez-moi donc cela... vous disiez... vous disiez qu'elle vous
a tous préservés de la misère?...

HENRIETTE.

Une misère si terrible, si épouvantable, que mon père n'avait
plus à donner un morceau de pain à sa femme et que ma
mère, épuisée par la souffrance et la faim, n'avait plus une
goutte de lait à donner à son enfant ! Pour sauver au moins
sa fille, mon père avait pris le douloureux parti de la con-
fier à la charité publique. Il m'emporta quand ma mère
sommeillait, et, d'un pas chancelant, se dirigea vers le par-
vis Notre-Dame ! — C'était un rude hiver ! La famine et
le froid avaient fait bien des victimes ; la neige couvrait les
marches de l'église, et mon malheureux père s'arrêta en
pleurant ! « Est-ce que j'aurais la force de l'abandonner
là !... » s'écria-t-il. — Tout à coup, il entend des cris plain-
tifs à quelques pas de lui ; il s'approche et voit une pauvre
petite créature, dont le berceau est à moitié enseveli sous la
neige, dont le visage et les mains étaient déjà bleuis par le
froid... — « Elle va mourir !... » se dit mon père, et il se
met à la réchauffer dans ses bras. Puis une pensée lui tra-
verse l'esprit !... Mais, se dit-il... « de même que celle-ci se
mourait lorsque je suis arrivé, ma fille aura cessé de vivre
avant qu'une âme charitable ait pu s'occuper d'elle !... Non,
je ne l'abandonnerai pas là !... je ne les abandonnerai ni
l'une ni l'autre. » Et lui qui était venu en chancelant, portant
comme un lourd fardeau l'enfant qu'il allait exposer, il s'en
revenait d'un pas ferme avec deux enfants dans les bras.

LA COMTESSE.

Bien... c'est bien, cela !... Mais ce secours inespéré... ce
salut que vous apportait l'enfant ?

HENRIETTE.

Quelques instants après, mon père avait regagné sa demeure — « Femme, dit-il en rentrant, nous n'avons qu'un
enfant, et ce n'était pas assez, sans doute, pour que le ciel
eût pitié de nous ; mais nous voilà maintenant bien plus di-
gnes de sa compassion, nous avons deux petites filles au lieu
d'une. » Et quand, pour la réchauffer, on a ouvert ses
langes...

LA COMTESSE.

Eh bien ?

HENRIETTE.

Il s'en est échappé deux rouleaux d'or... avec ces mots
tracés sur un papier : « Elle s'appelle Louise ! — Aimez-la. »

Pendant ces dernières paroles, la comtesse s'est lentement redressée.

LA COMTESSE, d'une voix étouffée.

Ah!

HENRIETTE, la regardant d'un air étonné.

Qu'avez-vous, madame?

LA COMTESSE, d'une voix qu'elle s'efforce de rendre calme.

Moi... rien... je n'ai rien... c'est... c'est une touchante histoire et qui m'a vivement émue... Ah! elle était tombée chez de braves gens, la pauvre petite abandonnée! Mais continuez donc... mon enfant... continuez, continuez...

HENRIETTE.

Ah! comme nous la chérissions, madame!

LA COMTESSE.

Oh! oui, vous avez eu un bon cœur! et je comprends que Roger vous aime!... (La prenant dans ses bras.) Je vous aimerai bien aussi, moi! (L'embrassant.) Je vous aime bien, allez!

Elle l'embrasse à plusieurs reprises.

HENRIETTE.

Alors, madame, vous m'aiderez à la retrouver?

LA COMTESSE.

Si je vous aiderai! Ah! mon Dieu!... aveugle... vous m'avez dit qu'elle était... Mais qui a causé cet horrible malheur?

HENRIETTE.

Oh! bien horrible, en effet! hélas! il est toujours présent à ma pensée, ce fatal souvenir... C'était... (On entend au loin comme un écho de la voix de Louise. — Henriette, l'oreille tendue vers ce bruit.) c'était un soir...

LA COMTESSE.

Eh bien?

HENRIETTE.

Il y a... il y a deux ans, à peu près...

LA COMTESSE.

Deux ans!...

La voix se rapproche.

HENRIETTE.

Oui, oui, deux ans, Louise en avait... Louise en avait alors ..

LA COMTESSE.

Achevez donc.

HENRIETTE, élevant la voix peu à peu.

Louise en avait quatorze... (La voix se rapproche de nouveau.) Nous jouions... nous... nous jouions ensemble, et...

La voix éclate avec plus de force.

HENRIETTE, jetant un grand cri.

Ah !

LA COMTESSE.

Qu'avez-vous ?

HENRIETTE.

C'est elle, madame... c'est elle...

LA COMTESSE.

Elle... la pauvre petite mendiante que j'ai rencontrée... elle que j'ai vue... elle, ma...

HENRIETTE.

Ah ! courons !

LA COMTESSE.

Venez, venez vite !...

Le comte paraît.

SCÈNE VIII

LES MÊMES, DE LINIÈRES, UN OFFICIER
et des EXEMPTS.

LA COMTESSE.

Mon mari !...

HENRIETTE.

Messieurs, messieurs, laissez-moi passer, je vous en supplie, ne me retenez pas...

DE LINIÈRES.

Faites votre devoir...

HENRIETTE, s'agenouillant.

Au nom du ciel, monsieur, ordonnez qu'on me livre passage; si vous saviez... Ah!... mon Dieu!... mon Dieu!... sa voix s'éloigne. Par grâce, par pitié, écoutez-moi, monsieur, ou je vais la perdre encore !...

DE LINIÈRES.

Cette fille à la Salpêtrière !...

HENRIETTE, jetant un cri.

Ah ! à la Salpêtrière !... moi... mais qu'ai-je fait ?... Oh !
n'importe ! monsieur, on m'arrêtera, on m'emprisonnera,
on me tuera si l'on veut, mais après, quand je l'aurai revue,
quand je l'aurai sauvée, monsieur, quand je l'aurai sauvée.

LE COMTE.

Obéissez !...

HENRIETTE.

Ah !

LA COMTESSE.

Oh ! moi du moins... je vais...

DE LINIÈRES.

Restez, madame, et dites-moi ce qui vous amenait ici.

LA COMTESSE.

Monsieur... plus tard !... je vous apprendrai !... mais maintenant, laissez-moi sortir... laissez-moi arriver jusqu'à elle...

LE COMTE.

De qui me parlez-vous, madame ?

LA COMTESSE.

De qui ?... mais de... de...

LE COMTE.

Achevez donc !...

LA COMTESSE, regardant en face le comte dont le visage est menaçant ; ell.
pousse un cri.

Ah !

Elle tombe atterrée sur un siége. La voix de Louise se fait entendre très au loin.

Rideau.

Sixième Tableau.

La Salpêtrière. — Une cour plantée d'arbres dépouillés de leurs feuilles, et fermée par un mur au-dessus duquel on voit le dôme de l'église ; au fond, en pan coupé, une grille donnant sur la cour principale. — Au premier plan, l'infirmerie, et du côté opposé, l'entrée des dortoirs.

SCÈNE PREMIÈRE

MARIANNE, FLORETTE, CORA, JULIE,
Détenues, Religieuses Surveillantes, puis SŒUR GENEVIÈVE.

Les détenues se promènent ; quelques-unes sont assises et travaillent, d'autres sont isolées et pleurent. Les surveillantes circulent dans les groupes en lisant leurs prières.

MARIANNE.

Quand vous sortirez de prison, vous serez quitte envers les hommes, quand vous vous serez repentie, vous serez quitte envers Dieu !... voilà ce que me disaient ces jeunes filles !... Je me suis repentie ; arrivera-t-il bientôt le jour où je serai libre ?

FLORETTE.

Ah ! que je suis malheureuse !

MARIANNE, se levant et allant à elle.

Ne vous chagrinez pas ainsi, mademoiselle !

FLORETTE, sanglotant.

Jamais je ne pourrai me faire à une pareille existence.

MARIANNE.

Essayez de travailler ; le travail distrait et console ; il fait oublier.

FLORETTE.

Travailler ! Cette grosse toile et ce gros fil me déchirent les doigts.

MARIANNE.

Vos petites mains ne sont pas habituées aux rudes travaux du pauvre.

FLORETTE.

Oh! non... la vie pour moi était si facile et si douce!

JULIE.

Et pour moi donc.

MARIANNE.

Nous suivions des routes bien différentes.

FLORETTE.

J'avais des robes de soie et de velours!

JULIE.

Moi aussi.

MARIANNE.

J'avais une robe d'indienne que je portais en toute saison.

FLORETTE.

Je ne sortais qu'en équipage.

JULIE.

Juste comme moi.

MARIANNE.

J'allais à pied gagner ma journée.

FLORETTE.

Une foule d'adorateurs se ruinaient pour me plaire, en fê-
tes, en spectacles et en joyeux soupers dont j'étais la reine.

MARIANNE.

Moi, je me tuais de travail, pour un homme qui me battait
et qui m'a forcée de devenir coupable.

FLORETTE.

Et de tout ce luxe...

MARIANNE.

De toute cette misère...

FLORETTE.

Que reste-t-il? le désespoir...

MARIANNE.

Le repentir...

JULIE.

Et la prison.

FLORETTE.

Eh bien !... la prison... on s'y ferait peut-être encore ; mais ce qui est odieux, horrible, épouvantable, c'est de se voir fagotée de la sorte !...

MARIANNE.

Oh! ce ne sont plus vos brillants atours d'autrefois.

FLORETTE.

C'est de manger de la soupe dans une écuelle de bois.

MARIANNE.

Vous vous y ferez...

FLORETTE.

Et dire qu'au premier jour on va peut-être nous jeter dans une affreuse voiture, comme celle qui est partie hier, escortée, poursuivie par les cris, les injures de la foule !

MARIANNE.

L'exil vous effraie?

FLORETTE.

Je crois bien : d'abord le voyage ! deux mois en mer !... et dans quelle société !... ensuite, un désert au bout du monde, parmi les serpents et les tigres !... moi qu'une souris fer il évanouir.

MARIANNE.

Ah! oui, cela doit vous épouvanter!

FLORETTE.

Et vous?

MARIANNE.

Moi? J'y serai loin des tentations qui m'ont perdue. Il y a des ateliers, des fermes, j'y travaillerai.

FLORETTE.

Mais c'est odieux, une vie pareille !... On assure, il est vrai, qu'on trouve à se marier là-bas...

JULIE.

Oui, oui... on me l'a dit.

FLORETTE, avec sentiment.

Tant mieux... ça sera du moins quelqu'un sur qui l'on pourra se venger.

MARIANNE.

Peut-être ne partirez-vous pas ; montrez-vous soumise, repentante, la supérieure s'intéressera à vous.

FLORETTE, désignant sœur Geneviève.

La supérieure ! N'est-ce pas elle qui sort de l'infirmerie ?

MARIANNE.

Elle vient de soigner les malades, et maintenant elle va consoler les affligés.

Sœur Geneviève s'approche des femmes qui pleurent et causent avec elles.

FLORETTE.

Tiens ! pour une femme si vertueuse... elle n'a pas l'air trop méchante.

MARIANNE.

Que ne lui dois-je pas ? Quand on m'a amenée ici, sœur Geneviève a eu pitié de ma souffrance, de mes erreurs... Elle m'a conseillée, encouragée, et sa parole était si douce, que, peu à peu en l'écoutant, j'ai senti se réveiller dans mon âme des sentiments que je croyais éteints, l'espérance et la foi ! (Montrant les sœurs de charité.) Quand je voyais ces femmes si pures et si indulgentes, si dévouées et si humbles, s'agenouiller, le soir, comme de pauvres pécheresses, elles qui n'ont que des vertus, quelle miséricorde puis-je donc attendre ?... m'écriais-je, moi qui suis si coupable !...

FLORETTE.

Eh bien ! et moi donc !

MARIANNE.

Mais je sais, à présent, qu'on peut effacer le passé... et que chaque bonne action peut racheter une faute.

FLORETTE, soupirant.

C'est qu'il m'en faudrait tant à moi... de bonnes actions !... Je ne vivrai jamais assez vieille pour que ça se balance.

On ouvre la grille ; le docteur entre.

SCÈNE II

LES MÊMES, LE DOCTEUR.

SŒUR GENEVIÈVE, allant à lui.

Ah ! docteur, avec quelle impatience je vous attendais !...

LE DOCTEUR, regardant sa montre.

Je ne suis pourtant pas en retard.

SOEUR GENEVIÈVE.

Vous m'avez fait espérer qu'en venant ce matin...

LE DOCTEUR.

Je vous apporterais...

SOEUR GENEVIÈVE.

Une bonne nouvelle.

LE DOCTEUR.

Et de là, cette émotion, cette impatience...

SOEUR GENEVIÈVE.

Docteur, il s'agit du sort d'une infortunée...

LE DOCTEUR.

Oh ! je sais que vous seriez plus calme s'il était question de vous-même...

SOEUR GENEVIÈVE.

Enfin ?

LE DOCTEUR.

Enfin, j'ai fait toutes les démarches nécessaires. J'ai dit l'intérêt que vous inspire cette pauvre pécheresse, j'ai parlé de son profond repentir ; je l'ai montrée soumise et résignée ; j'ai même ajouté quelques bonnes qualités de mon crû.

SOEUR GENEVIÈVE.

Et vous avez eu tort, docteur, il fallait dire la vérité seulement.

LE DOCTEUR.

Oui ! la pure et sainte vérité, comme vous l'appelez, mais c'était pour sauver votre protégée.

SOEUR GENEVIÈVE.

La vérité, d'abord, mon ami, la vérité en toutes choses, et avant toutes choses, mais achevez... je vous en prie.

LE DOCTEUR.

Remerciez-moi donc, ma sœur.

SOEUR GENEVIÈVE.

Vous avez réussi ?

LE DOCTEUR.

Complétement.

SOEUR GENEVIÈVE.

Ah ! Dieu soit loué ! Maintenant venez, venez, mon enfant, voici notre cher docteur, un excellent homme, apprenez de lui-même ce qu'il vient de faire pour vous.

MARIANNE.

Pour moi, monsieur?

LE DOCTEUR.

Oui, seulement c'est sœur Geneviève qu'il faudra remercier. C'est elle qui, touchée de votre repentir, a eu l'idée de solliciter votre grâce, et je vous l'apporte

Il remet un papier à sœur Geneviève.

MARIANNE.

Ma bienfaitrice, ma mère!...

Les détenues se rapprochent et écoutent.

SOEUR GENEVIÈVE, se défendant et très-émue.

C'est lui qui a fait toutes les démarches.

LE DOCTEUR.

Et c'est à elle que l'on a tout accordé, à sœur Geneviève, à la noble et digne femme qui, née à la Salpêtrière, n'a jamais consenti à en franchir le seuil, qui a fait de cette prison sa patrie, de toutes les affligées, sa famille; à vous, la consolatrice des reprouvées, des coupables repenties, à vous, que tout le monde ici respecte, vénère et chérit! (On se presse autour d'elle.) Je ne dis pas ça pour vous faire de la peine, pour vous faire pleurer, ni vous ni cette pauvre Marianne, ni les autres, ni... allons bien!... voilà que ça me gagne aussi!... (Regardant les détenues qui baisent les mains de Geneviève.) C'est égal, il y a encore du bon dans toutes ces coquines-là!

On sonne une cloche.

SOEUR GENEVIÈVE.

Voici l'heure de rentrer; allez, chère enfant, ce soir vous serez libre. N'oubliez pas alors que j'ai répondu de vous. La société m'avait envoyé une coupable, je lui rends une honnête fille, n'est-ce pas, Marianne?

MARIANNE.

Je l'espère, je le crois, ma sœur.

Un grand bruit se fait entendre dans l'infirmerie

HENRIETTE, au dehors.

Laissez-moi, laissez-moi, vous dis-je?

SOEUR GENEVIÈVE, remontant vers la porte.

Ces cris!... que se passe-t-il donc?

LE DOCTEUR.

Quelque malade insoumise. Je vais y mettre ordre.

6

SOEUR GENEVIÈVE.

Attendez, docteur, c'est la jeune fille que l'on a amenée il
y a deux jours.

LE DOCTEUR.

Et qui a été prise ensuite d'un accès de délire ?

*Henriette paraît sur le seuil de la porte malgré les infirmières qui la retiennent
et qu'elle repousse.*

SCÈNE III

LES MÊMES, HENRIETTE.

HENRIETTE.

Ne me retenez pas !... je veux sortir... je veux m'en aller,
vous dis-je !

MARIANNE, la regardant.

Ah ! mon Dieu ! mais... c'est...

HENRIETTE, courant vers sœur Geneviève.

Oh ! madame... si c'est vous dont on m'a menacée, si vous
êtes maîtresse ici, ayez pitié de moi... ordonnez que je sois
libre, je vous le demande à genoux, madame !

MARIANNE, à part.

Je ne me trompe pas... c'est bien elle !

SOEUR GENEVIÈVE, avec bonté.

Allons, ma fille, soyez calme !... vous étiez malade ; songez d'abord aux soins dont vous avez besoin.

LE DOCTEUR.

Pourquoi avez-vous quitté votre lit et cette salle sans ma
permission ?

HENRIETTE.

Ah ! je vous reconnais, monsieur, c'est vous qui m'avez
soignée...

LE DOCTEUR.

Oui, pauvre enfant, et je ne puis vous autoriser.

HENRIETTE.

Oh ! je suis guérie, monsieur, je ne souffre plus ; j'ai pro-
fité d'un instant où l'on ne me voyait pas pour reprendre
mes vêtements... mais j'ai toute ma raison, et puisque cela
dépend de vous, dites. je vous en conjure, dites qu'on me
laisse sortir.

LE DOCTEUR.

C'est impossible. Il faut pour donner cet ordre une volonté plus puissante que la mienne.

HENRIETTE.

Je ne suis donc pas ici dans un hôpital?

LE DOCTEUR.

Cet hôpital est aussi une prison.

HENRIETTE.

Une prison !.. Ah ! je me rappelle !... oui... ces soldats qui m'ont entraînée, cet homme qui leur donnait des ordres : « à la Salpêtrière, disait-il, l'hôpital des mendiantes et des folles, la prison des filles perdues !... » Ah ! mon Dieu, mon Dieu, qu'ai-je donc fait pour être ainsi frappée !

Elle tombe sur un banc et pleure.

LE DOCTEUR, très-ému.

Ma sœur, voilà une guérison, que seule vous pouvez entreprendre.

Il entre à l'infirmerie.

SCÈNE IV

HENRIETTE, SŒUR GENEVIÈVE, MARIANNE, puis PICARD.

SŒUR GENEVIÈVE.

J'ai vu déjà bien des coupables ; mais celle-ci...

MARIANNE.

Elle ne l'est pas, ma sœur.

SŒUR GENEVIÈVE.

Vous la connaissez ?

MARIANNE.

Je vous ai dit que dans un jour de désespoir, j'avais voulu me tuer.

SŒUR GENEVIÈVE.

Je m'en souviens.

MARIANNE.

Que deux jeunes filles, deux anges de vertu, de sagesse et de charité, m'avaient empêchée d'ajouter ce crime à toutes mes fautes.

GENEVIÈVE.

Oui, qu'elles vous avaient aidée de leurs faibles ressources, soutenue, encouragée de leurs pieuses paroles.

MARIANNE.

Voici l'une d'elles, ma sœur.

GENEVIÈVE.

Et c'est ici que vous la retrouvez !

MARIANNE.

Le malheur a pu l'atteindre, mais je suis bien convaincue que le vice ne l'a pas souillée.

SOEUR GENEVIÈVE, à Henriette.

Allons, mon enfant, du courage!...

MARIANNE.

Regardez-moi, mademoiselle, et reconnaissez-moi : un soir, sur le quai... cette femme qui voulait mourir...

HENRIETTE.

Vous... c'était vous?... oui, oui, je me souviens!... je vous reconnais bien ! (Avec désespoir.) Ah ! nous étions deux alors!... vous l'avez vue, ma pauvre petite sœur!...

MARIANNE.

Je le disais à madame, un ange pur comme vous, car j'en suis sûre, vous n'avez aucune faute à vous reprocher.

HENRIETTE, à Geneviève.

Oui, je suis innocente, madame; j'en prends Dieu à témoin : je jure...

SOEUR GENEVIÈVE.

Ne jurez pas, ma fille; je vous crois. Non, vous n'êtes pas coupable de mensonge... de ce honteux péché qui dégrade et offense le ciel.

HENRIETTE.

Non, non...

SOEUR GENEVIÈVE.

Mais pourquoi, pour quel motif et par quel ordre vous a-t-on conduite ici?

PICARD, s'avançant.

Par ordre de monsieur le comte de Linières, madame.

SOEUR GENEVIÈVE.

Qui êtes-vous, monsieur, et comment êtes-vous entré dans cette maison ?

PICARD, avec importance.

Premier valet de chambre de Son Excellence le lieutenant de police.

SOEUR GENEVIÈVE.

Et c'est par son ordre que cette jeune fille ...

PICARD.

Hélas! ma sœur, les hautes positions imposent quelquefois de cruelles nécessités! qu'un gentilhomme s'éprenne de folle passion pour une jeune fille certainement fort jolie... honnête même, je consens à le croire... il faut sauvegarder l'honneur d'une illustre maison, et l'on fait disparaître l'objet de... ce coupable amour.

HENRIETTE.

Mais n'avais-je pas, et devant vous même, refusé la main du chevalier de Vaudrey?

SOEUR GENEVIÈVE.

Elle a fait cela? Est-ce vrai, monsieur?

PICARD

C'est vrai!... je suis forcé d'en convenir.

SOEUR GENEVIÈVE.

Oh! pauvre enfant... et on la jette ici!... comme une coupable !...

MARIANNE.

Que vous disais-je, madame?

PICARD.

Mais ce... beau sacrifice ne suffit pas, et vous le comprendrez vous-même, mademoiselle, si madame la supérieure veut bien m'autoriser à vous transmettre la volonté de monsieur le lieutenant de police.

SOEUR GENEVIÈVE.

Faites, monsieur, nous vous laissons. (A Henriette.) Du courage, ma fille !

MARIANNE.

Du courage!

Elles sortent.

6

SCÈNE V

HENRIETTE, PICARD.

HENRIETTE.

Nous voilà seuls. Qu'avez-vous à me dire? quel nouveau malheur venez-vous m'annoncer, vous que je croyais dévoué à votre maître et qui ne venez sans doute ici que pour le trahir?

PICARD.

Allez! allez! ne vous gênez pas, mademoiselle. Eh bien! oui, je suis au service d'un honnête gentilhomme qui me paie grassement, et je vole l'argent qu'il me donne! Il met en moi sa confiance et j'ai l'infamie d'en abuser! tout cela n'est que trop vrai, mademoiselle, seulement la personne qui me paie et que je trompe, c'est monsieur le lieutenant de police.

HENRIETTE.

Se peut-il?

PICARD.

Celui que j'aime et que je sers, c'est monsieur le chevalier! ou plutôt, non, ce n'est pas lui! celle que je respecte, que j'admire et que je voudrais sauver... eh bien, c'est vous, mademoiselle.

HENRIETTE.

Moi!...

PICARD.

Oui! vous qui avez bouleversé toutes mes idées, tous mes principes politiques, philanthropiques.

HENRIETTE.

Et lui! Roger?

PICARD.

Il refuse toujours d'obéir à son oncle... et depuis hier... il est...

HENRIETTE.

Achevez...

PICARD.

Il est à la Bastille! (Avec emphase.) Oh! la Bastille! odieux rempart de la tyrannie!!

HENRIETTE.

Prisonnier aussi !

PICARD.

Mais au moment de son arrestation, j'ai pu recevoir ses instructions; il m'a d'abord fait jurer d'arriver jusqu'à vous, et de vous dire qu'il subirait toutes les persécutions plutôt que de renoncer à son amour, et s'il arrivait que l'on décidât votre départ pour la Guyane...

HENRIETTE, épouvantée.

Mon départ pour la Guyane ! Mais ce serait un éternel exil ! mais ce serait ma mort !

PICARD.

Attendez, attendez donc... nous serions informés à l'avance de cette décision ; mon faux maître, celui qui me paie, me la confierait, j'en avertirais aussitôt mon vrai maître. Il feindrait de céder aux volontés de son oncle, et une fois sorti de la Bastille, fouette cocher ! il part suivi de votre serviteur. Nous rattrapons le convoi qui vous emmène; avec l'or qu'il a le soin d'emporter; mon vrai maître achète les hommes de mon faux maître ! S'ils sont incorruptibles... c'est-à-dire si nous n'avons pas assez d'argent pour les acheter, eh bien... eh bien ! ma foi, nous nous embarquons avec vous, nous partageons votre exil, car voilà comme nous sommes, nous autres vrais gentilshommes !

HENRIETTE.

Vous me parlez de bonheur ! mais elle ? ma Louise ? qui la chercherait ? qui lui viendra en aide ?

PICARD.

Et moi, je ne suis donc rien ? je vais donc me croiser les bras ? je ne suis donc pas de la police ?... Voyons, soyez tranquille, ne vous faites pas de chagrin, et bien avant qu'il soit même question de cet affreux départ, j'aurai tout arrangé ! Ensuite qu'on prenne ma tête, si l'on veut ! Là voilà, je suis prêt.

Des exempts paraissent au fond.

HENRIETTE, avec effroi.

Ciel !... regardez !...

PICARD.

Ah ! bigre !... est-ce qu'on viendrait déjà me la demander ?

SCÈNE VI

LES MÊMES, MAREST, DES EXEMPTS,
SŒUR GENEVIÈVE, LE DOCTEUR, MARIANNE.

La grille s'ouvre ; Marest fait ranger ses agents dans la cour du fond.

SOEUR GENEVIÈVE, sortant de l'infirmerie.

Ah ! docteur !... encore quelques malheureuses que l'on va m'enlever !

LE DOCTEUR.

Pour être expédiées à la Guyane, les plus coupables, sans doute.

SOEUR GENEVIÈVE.

Les plus à plaindre, alors.

MAREST, s'avançant.

Ma sœur, voici l'ordre qui m'amène, et la liste des prisonnières destinées pour partir ce soir. Je vais, si vous le permettez, donner acte de la sortie de ces prisonnières, et nous confronterons ensuite ensemble cette liste avec vos registres.

GENEVIÈVE.

Allez donc, monsieur, je vous suis.

Marest salue et sort.

GENEVIÈVE.

Cette liste !... oh !... c'est en tremblant que je vais l'interroger. (Elle lit et jette un cri en regardant Henriette.) Ah !

HENRIETTE, avec effroi.

Madame, pourquoi me regardez-vous ainsi ? madame, répondez-moi, de grâce ?

GENEVIÈVE.

Ah ! pauvre jeune fille !

HENRIETTE.

Ah ! mais je suis donc condamnée ! je suis donc perdue !

PICARD, bas.

Madame, serait-il vrai que déjà ?...

SOEUR GENEVIÈVE, d'une voix émue et montrant le nom écrit.

Henriette Gérard !

HENRIETTE.

Ah!

Elle chancelle et tombe dans les bras de Marianne et du docteur qui la conduisent sur un banc.

SOEUR GENEVIÈVE, en sortant.

Ah! pauvre jeune fille!

PICARD.

Ah! mon scélérat de faux maître s'est caché de moi!... il a eu l'indélicatesse de se méfier de ma fidélité!... oh! il me le paiera! il me le paiera!...

Il sort.

SCÈNE VII

LES MÊMES, moins PICARD.

HENRIETTE, à Marianne qui lui prend la main.

Ah! je comprends maintenant que l'on veuille mourir!

MARIANNE.

Ne parlez pas ainsi! Souvenez-vous des paroles que vous m'adressiez à moi-même.

LE DOCTEUR.

Si vous avez une famille, pensez à elle!

HENRIETTE.

Oh! monsieur! ce n'est pas pour moi que l'exil m'effraie, ce n'est pas ma propre infortune qui me désespère!

MARIANNE.

Elle a une sœur dont elle était le seul appui!... une sœur aveugle!

HENRIETTE.

Je l'avais retrouvée, quand ils m'ont arrêtée... Oui, j'avais entendu sa voix, je l'avais reconnue! je la voyais, monsieur, je la voyais! Elle mendiait en chantant, couverte de haillons; ses beaux cheveux blonds flottaient en désordre sur ses épaules; elle marchait brisée par la fatigue et traînée par une horrible femme, qui la martyrise, sans doute, qui la torture... et ils m'ont empêchée de courir vers elle, et je ne sais plus où elle est, je l'ai perdue de nouveau! et pour toujours cette fois!

Elle sanglote.

LE DIRECTEUR, cherchant à se rappeler.

Attendez donc... mon enfant... celle que vous pleurez, je crois l'avoir rencontrée !

HENRIETTE.

Vous, monsieur !..

LE DOCTEUR.

Oui, oui, de beaux cheveux blonds et de grands yeux bleus, n'est-ce pas ?

HENRIETTE, relevant la tête.

Oui...

LE DOCTEUR.

Et cette vieille l'appelait... (Cherchant.) elle l'appelait Louise.

HENRIETTE.

C'est elle !... ah ! vous aussi, vous l'avez vue !

LE DOCTEUR.

Et je connais même cette femme qui la conduisait. Elle est venue vingt fois à mon hôpital : c'est la Frochard !

MARIANNE.

Sa mère à lui !... Jacques !... Eh bien ! nous savons où elle est votre sœur ! chez la Frochard, qui habite une masure dans la rue de l'Oursine, sur les bords de la Bièvre !

HENRIETTE.

C'est là qu'elle demeure ? mais alors la voilà retrouvée ! et je pourrai bientôt... (Se souvenant et jetant un cri.) Ah ! je vais partir ! je vais partir !

MARIANNE.

Eh bien ! eh bien, non, mademoiselle, non, il ne faut pas que vous partiez !

LE DOCTEUR.

Que dit-elle ?

HENRIETTE, avec désespoir.

Il ne faut pas que je parte ! mais regardez donc cette voiture que l'on fait avancer !... C'est elle qui va m'emmener ! (Avec des sanglots.) Oh ! ma Louise, ma pauvre Louise !

MARIANNE.

Je vous dis que vous ne partirez pas !

HENRIETTE.

Comment ?

MARIANNE.

Silence !

LE DOCTEUR.

Mais c'est impossible !

MARIANNE, bas.

Docteur, ayez pitié d'elle et consentez à m'aider.

LE DOCTEUR.

Mais par quel moyen ?

MAREST, rentrant et regardant sa liste.

En effet, il reste encore une prisonnière à emmener : Henriette Gérard !...

MARIANNE, s'avançant.

C'est moi, monsieur.

HENRIETTE.

Ah !

LE DOCTEUR, lui saisissant le bras.

Taisez-vous !

MARIANNE, à Marest.

Permettez-moi, monsieur, (Montrant Henriette.) de dire un dernier adieu...

HENRIETTE, bas.

Non ! je ne veux pas, je ne veux pas consentir !

MARIANNE, bas.

Ce n'est pas vous que je sauve Henriette, c'est moi-même.

HENRIETTE.

Vous !

MARIANNE.

Si je reste... je reverrai Jacques, et, cette fois, je serai perdue sans retour ; vous au contraire, vous reverrez votre sœur et vous serez sauvées toutes les deux.

HENRIETTE.

Louise !...

MARIANNE.

Tenez prenez ceci !

Elle lui donne la grâce que lui a remise le docteur. Henriette hésite et regarde le docteur.

LE DOCTEUR.

Prenez... c'est votre ordre de sortie...

MARIANNE.

Le salut de celle qui vous attend.

Henriette prend le papier et embrasse Marianne en pleurant.

SCÈNE VIII

LES MÊMES, SŒUR GENEVIÈVE.

LE DOCTEUR, la voyant entrer.

Sœur Geneviève !... oh !

MAREST.

Madame, veuillez vérifier cette liste avec moi, afin de dé-
clarer et de signer ensuite que ce sont bien là toutes les détenues désignées pour l'exil.

MARIANNE, bas.

Oh !

LE DOCTEUR.

Tout est perdu !

HENRIETTE, baissant la tête.

Le ciel ne l'a pas voulu.

SŒUR GENEVIÈVE.

Je suis prête, monsieur.

MAREST, appelant.

Françoise Moraud !

SŒUR GENEVIÈVE, regardant la détenue.

Oui.

MAREST.

Jeanne Raymond !

SŒUR GENEVIÈVE.

Oui.

MAREST, se tournant vers Marianne.

Henriette Gérard !

MARIANNE, tremblante.

Me voici, ma mère !

SŒUR GENEVIÈVE.

Vous !

Le docteur s'élance vers elle et lui montre Henriette d'un air suppliant. Sœur
Geneviève, dont les yeux vont de l'un à l'autre, semble violemment agitée.

MARIANNE.

Ma mère, ma mère, ayez pitié!... (S'agenouillant.) Bénissez-moi, ma mère! car ce départ purifie une coupable (Bas.) et il sauve une innocente!

MAREST.

Eh bien, ma sœur?

SOEUR GENEVIÈVE, étendant la main sur la tête de Marianne, d'une voix ferme et les yeux au ciel.

Oui !...

MARIANNE et HENRIETTE.

Ah !

Sœur Geneviève relève Marianne, lui ouvre ses bras en pleurant. Marianne se jette dans ses bras, puis s'éloigne.

SOEUR GENEVIÈVE, au docteur.

Ah ! docteur ! mon premier mensonge!

LE DOCTEUR.

Il vous sera complété là-haut, ma sœur, comme une œuvre de charité.

Mouvement général au fond.

Rideau.

QUATRIÈME ACTE

—

CHEZ LA FROCHARD.

Une chambre de la plus misérable apparence. — Au fond, dans un coin, le grabat de la Frochard, en partie masqué par un vieux châle jeté sur une corde. — Une porte donnant à l'extérieur. — A droite, une fenêtre et un petit escalier conduisant à un grenier dont la porte est entr'ouverte. — A gauche, un vieux buffet dans le coin; contre le mur un peu de paille et une mauvaise couverture en loques. — Une petite table en bois. — Un vieux fauteuil déchiré; un fourneau, une marmite, la meule de Pierre.

—

SCÈNE PREMIÈRE

PIERRE, LOUISE.

Louise est couchée sur la paille. — Pierre assis près d'elle sur un tabouret, la regarde dormir.

PIERRE.

Si jeune, si faible, si jolie.. et voilà ce qu'ils ont fait d'elle! un pauvre être souffrant et désolé... Et quand elle rentre de son rude travail, voilà ce qu'elle trouve : un peu de paille, dans un coin, pour reposer son pauvre corps brisé : heureuse quand on ne l'enferme pas tout le jour et toute la nuit au fond de ce grenier, où le froid de la mort vous saisit, rien que d'y entrer... Et je vois tout ça!... et je ne peux rien, rien pour l'empêcher ! (Se levant et se rapprochant de Louise.) On dirait qu'elle frissonne... Comme elle respire vite... c'est qu'elle souffre... sans doute...

LOUISE, se soulevant à demi.

Qui donc est là ?

PIERRE.

C'est moi, mam'zelle... Pierre...

LOUISE.

Alors... je puis dormir encore un instant...

PIERRE.

Soyez tranquille, je ne quitte pas d'ici.

LOUISE.

Je suis si fatiguée... merci Pierre... merci...

Pierre la regarde en silence.

PIERRE.

Le sommeil, c'est si bon quand on est malheureux!... Elle parait plus calme... Peut-être qu'elle rêve à son beau temps d'autrefois... à ceux qu'elle aimait et qui devaient bien l'aimer aussi. (Il s'éloigne de Louise.) Je te défends de penser à elle, m'a dit Jacques — et quand il disait cela, il y avait dans sa voix et dans ses yeux quelque chose qui me faisait trembler. Et tout faible que je suis, c'est pas pour moi que j'avais peur, c'est pour elle... Si je pouvais la décider à se sauver d'ici, la pauvre petite... J'y ai déjà pensé... un jour qu'elle pleurait là-haut où ils l'avaient enfermée... J'avais déjà travaillé pour l'aider à partir. J'avais dévissé la serrure de ce grenier... mais l'idée que je ne la verrais plus... ça me fait autant de mal que de la voir souffrir. (Avec énergie.) Eh bien, non !... j'aime encore mieux qu'elle pleure... mais qu'elle reste.

SCÈNE II

LES MÊMES, LA FROCHARD, puis JACQUES.

LA FROCHARD.

Te voilà déjà arrivé ! toi ! Qu'est-ce que tu viens faire si tôt ?... T'avais donc pas d'ouvrage dehors ?...

PIERRE, allant à sa meule.

Je l'ai apporté ici, pour être à l'abri du froid.

LA FROCHARD.

Et plus près de c'te demoiselle ; mais tu sais que j'y ai l'œil.

PIERRE.

Vous n'en dites pas autant à Jacques.

LA FROCHARD.

Jacques est l'aîné, il fait ce qu'il veut, il est le maître ici.

PIERRE.

Où donc qu'il est aujourd'hui ?

LA FROCHARD.

Il travaille.

PIERRE.

Ah bah !

LA FROCHARD.

Chez le corroyeur d'en face, ça fait deux fois déjà qu'il travaille en une semaine ! Lui ! un si bel homme ! il travaille.

PIERRE.

Est-ce que je ne travaille pas tous les jours, moi ?

LA FROCHARD.

Qu'est-ce que tu ferais sans ça... bâti comme tu l'es ?

JACQUES, entrant.

Assez pour le quart d'heure, ça m'ennuie la besogne, aujourd'hui.

LA FROCHARD.

C'est trop fatigant, dis, mon amour.

JACQUES.

Justement. Ah ! te voilà, monsieur Cupidon. J'ai besoin que tu repasses mon coutelas... et tu vas venir le prendre en face.

PIERRE.

Oui .. j'irai.

JACQUES, regardant Louise qui dort.

Ah ! ça, et les chansons, ça ne va donc pas aujourd'hui ?

LA FROCHARD.

Dame ! quand la chanteuse passe son temps à dormir... adieu la recette.

JACQUES, allant du côté de Louise.

Tiens !... on dirait qu'elle pleure en dormant...

PIERRE, faisant un mouvement vers Louise.

Elle pleure !

JACQUES, l'arrêtant.

Eh bien, de quoi ?

LA FROCHARD.

C'est une feignante !... *une ostinée !*... ce matin, il fallait la pousser pour qu'elle marche... et quant à donner de la voix .. bernique !

JACQUES, allant s'asseoir.

Je la ferai chanter, moi, si je m'en mêle.

PIERRE.

Tu la feras mourir... elle est malade... tout à l'heure elle grelottait la fièvre.

LA FROCHARD.

Allons donc ! c'est des manières qu'elle fait.

JACQUES.

Qu'est-ce qu'elle a au fait, qu'est-ce qui lui prend ?

LA FROCHARD.

Des idées... Est-ce qu'on sait ?

PIERRE, s'approchant d'eux.

Je vas vous le dire moi, ce qu'elle a. Vous savez, l'autre soir à la nuit tombante, pendant la neige, après qu'elle avait fini de chanter... elle s'est mise à crier... Henriette, ma sœur...

LA FROCHARD.

J'y avais défendu.

PIERRE.

Alors, pour qu'elle se taise, vous lui avez serré le poignet à le lui briser.

LA FROCHARD.

Faut qu'elle obéisse !

PIERRE.

Elle en a encore le bras tout meurtri ! Enfin, depuis ce moment-là, le chagrin l'a prise et la consume. Je vous dis que vous la tuerez.

LA FROCHARD.

Je nourris pas le monde à rien faire. Je veux qu'elle travaille ou sinon...

JACQUES.

Sinon... je m'en charge...

PIERRE.

Toi... comment que tu feras ?

JACQUES.

Ça me regarde.

LA FROCHARD.

Allons, debout, mam'selle la mijaurée, faut s'apprêter à sortir... Faut faire votre toilette d'abord ; délissez-moi ces cheveux-là, (Lui enlevant son fichu.) et ôtons ce fichu qui vous tient trop chaud, et qui vous gêne pour grelotter à votre aise.

Elle se met le fichu au cou.

PIERRE, à part.

Voilà ce qu'ils appellent faire sa toilette.

LOUISE, froidement.

Je ne veux plus sortir, madame!

LA FROCHARD, à Jacques.

Eh ben! tu l'entends... ça ne veut plus sortir!

JACQUES.

C'est bon, nous allons voir.

PIERRE, bas à Louise.

Prenez garde.

JACQUES, allant à elle et lui prenant la main.

Venez un peu ici, ma belle.

LOUISE, se reculant brusquement.

Je vous défends de me toucher.

JACQUES, avec ironie.

Nous ne sommes donc plus des amis?

LOUISE.

Des amis!... vous!... des bourreaux!...

LA FROCHARD.

T'as été pourtant bien heureuse de nous trouver le soir où t'étais toute seule, abandonnée dans les rues.

LOUISE.

Oui, ce soir-là, j'étais pleine de reconnaissance pour vous, qui me donniez un asile... Vous m'aviez dit : Nous chercherons ensemble, nous trouverons cette sœur perdue, et je vous bénissais du fond de mon cœur; mais quand j'ai compris que c'était, non par pitié, mais par suite d'un calcul odieux que vous me tendiez la main, quand j'ai vu que vous faisiez de moi une misérable mendiante, que vous me tortoriez, que vous brisiez mes membres pour m'empêcher d'appeler celle que vous aviez promis de chercher avec moi... ah! mon âme s'est révoltée! Et maintenant, si accablée, si affaiblie que je sois!... ma volonté sera plus forte que vos menaces, que vos violences... (Se redressant.) et je vous dis que je ne mendierai plus!...

PIERRE, avec terreur.

Louise...

JACQUES, avec admiration.

Elle est superbe comme ça !

LA FROCHARD.

Eh ben, et manger, ma petite!

LOUISE.

Puisque j'étais prête à mourir.

PIERRE, bas à la Frochard.

Vous l'entendez! elle se laissera mourir de faim.

LA FROCHARD, haut.

Des bêtises!... elle finira bien par demander grâce.

LOUISE.

Jamais!

LA FROCHARD.

C'est ce que nous verrons; en attendant, tu vas monter là-haut.

LOUISE, avec force.

Soit... et je n'en sortirai que libre... ou bien morte...

PIERRE, avec douleur.

Morte!...

JACQUES.

Mille tonnerres!... c'est une vraie femme... Tiens, tu me remues le cœur, tu me vas...

> Il la saisit violemment et l'embrasse.

LOUISE, criant.

Ah!

> Elle s'écharpe.

PIERRE, avec colère.

Jacques!

JACQUES, menaçant.

Qu'est-ce qui te prend... à toi? Si ça te déplait, défends-la donc?

PIERRE, le regardant avec colère.

Moi !... que je... (Se prenant la tête à deux mains.) Ah! misérable... misérable que je suis!...

> Il sanglote.

LA FROCHARD, à Louise.

Allons, en route... montons là-haut.

JACQUES, réfléchissant.

Oui... allez, la mère, emmenez-la.

Il lui fait signe d'approcher.

PIERRE, à part.

Allons, j'aime mieux la perdre tout à fait.

JACQUES.

Ah! dites donc, la mère.

PIERRE, bas à Louise.

Vous pouvez fuir, j'ai dévissé la serrure du grenier.

JACQUES, bas à la Frochard.

Enfermez-la bien.

PIERRE, bas.

Il y a une clef d'en bas sous vot' paillasse.

JACQUES, bas.

J'ai des raisons pour me méfier de lui.

LA FROCHARD.

Bou... bon... C'est convenu. (A Louise.) Allons, marche.

Elle fait monter Louise qui entre dans le grenier.

SCÈNE III

LES MÊMES, moins LOUISE.

LA FROCHARD.

Tu né mangeras plus qu'après-demain. Il n'y a rien comme deux jours de diète pour mettre le monde à la raison.

JACQUES.

J'ai un meilleur moyen.

PIERRE.

Toi !

LA FROCHARD.

Et lequel donc ?

JACQUES.

Quand je serai son homme, elle m'obéira.

LA FROCHARD.

Son homme !

PIERRE.

Tu songerais...

JACQUES.

J'ai mis dans ma tête qu'elle ne serait jamais à un autre, (Il regarde Pierre.) et ce que je veux... je le veux !...

LA FROCHARD.

Au fait ! si elle chantait tous les jours, la petite serait d'un bon rapport... Et une fois qu'elle serait m'ame Jacques, on n'aurait plus à craindre qu'elle jacasse sur notre compte et qu'elle nous ternisse aux yeux de la société.

JACQUES.

Y a encore ça. Ils ont des lois si tyranniques. Ah ! y a pas de prix de vertu... pour ce qu'ils appellent la violence et la séquestration.

PIERRE, tremblant.

Mais pour devenir ta femme, faudrait qu'elle dise oui.

JACQUES.

Eh bien ?

PIERRE.

Si elle refuse ?

JACQUES.

Elle ne pourra pas refuser.

PIERRE.

Comment t'y prendras-tu pour l'y contraindre ?

JACQUES, avec ironie.

Comment ? (A sa mère.) Trop bête, monsieur Cupidon... Allons, allons... suis-moi, naïf rémouleur.

PIERRE.

Mais... c'est que j'ai de la besogne ici.

JACQUES.

Possible ! mais je t'ai dit que j'avais besoin que tu repasses mon coutelas, et puis... j'ai mes raisons pour t'emmener... Allons, haut le pied !

LA FROCHARD.

Veux-tu bien filer, quand il te commande !

JACQUES.

Allons, marche devant.

PIERRE, à part.

Ah ! j'ai donc rien dans les veines !

7.

JACQUES.

A tantôt, la mère... (A Pierre.) Allons, file donc, toi !

Ils sortent.

SCÈNE IV

LA FROCHARD, seule et avec admiration.

Ah ! c'est ça un homme ! (Elle va prendre une petite bouteille cachée sous son matelas.) C'est bon l'eau-de-vie, mais c'est un peu fadasse... Ah! c'est égal... rien que l'idée de marier mon garçon à c'te petite, ça m'émotionne.., ça me rappelle... Ah ! Frochard ! ah ! mon Anatole ! (Elle boit.) Une aveugle ! faut tout de même que Jacques soit ensorcelé ! C'est vrai que le médecin a dit qu'il la guérirait... Oui, mais si elle est privée de son infirmité... adieu le commerce ! (On frappe.) Qui donc peut venir ?... (Elle écoute, on frappe de nouveau.) C'est drôle, ça me fait toujours peur ! (Elle rebouche la bouteille et va la cacher.) On y va !

Elle entre-baille la porte.

SCÈNE V

LA FROCHARD, HENRIETTE.

LA FROCHARD.

Qui demandez-vous ?

HENRIETTE, au dehors.

Madame Frochard.

LA FROCHARD.

Qu'est-ce que vous lui voulez ?

HENRIETTE.

Il faut absolument que je lui parle.

LA FROCHARD, surprise.

Ah ! vous êtes seule ?

HENRIETTE.

Oui... seule...

LA FROCHARD, après avoir passé sa tête pour regarder en dehors.

Pour lors entrez.

Henriette entre, la Frochard regarde encore s'il n'y a personne avec elle, puis elle referme la porte.

HENRIETTE, jetant les yeux autour d'elle avec effroi.

Est-ce donc ici qu'elle habite ?... (La Frochard se rapproche. Henriette se tourne vers elle et leurs yeux se rencontrent. — A part.) Le regard de cette femme me fait trembler.

LA FROCHARD.

Voyons, parlez... Qu'est-ce que vous avez à lui dire... à m'ame Frochard ?

HENRIETTE, à part.

Comme le cœur me bat !

LA FROCHARD.

Vous étiez si pressée !... Vous regardez partout, comme si que vous cherchiez quelqu'un.

HENRIETTE.

En effet... je cherche la personne qui demeure ici, avec vous.

LA FROCHARD, méfiante.

Quelle personne ?

HENRIETTE.

Une jeune fille !

LA FROCHARD, à part.

Une... est-ce que ce serait la sœur... (Haut.) Une jeune fille que vous dites... connais pas.

HENRIETTE, étonnée.

Vous ne la connaissez pas ?

LA FROCHARD.

Non...

HENRIETTE.

Et pourtant on m'a bien désigné cette maison isolée... au bout d'un champ... près de la rivière...

LA FROCHARD.

Y en a bien d'autres tout le long de la rivière.

HENRIETTE.

Comment... je me serais trompée ?

LA FROCHARD.

Faut croire. Cherchez plus loin mam'selle. (A part.) Et moi, je donne congé ce soir et je déménage demain.

HENRIETTE.

Mais vous vous appelez madame Frochard ?

7.

LA FROCHARD.

Uphémie Frochard. — Après ?

HENRIETTE.

Vous demandez l'aumône en compagnie d'une jeune fille aveugle... qui chante dans les rues.

LA FROCHARD.

Connais pas. Pourquoi donc que je demanderais l'aumône ? J'aideux fils qui travaillent... Un qu'est rémouleur. — Tenez, v'là sa manivelle.

HENRIETTE, hésitant.

Ah!... mais... alors...

LA FROCHARD.

L'autre qu'est là, tout près, en face... (A part.) Si il pouvait venir.

HENRIETTE.

Et pourtant je me souviens bien que le docteur... (Poussant un cri.) Ah !

LA FROCHARD, effrayée.

Qu'est-ce qu'y a ?

HENRIETTE, saisissant un châle sur une chaise.

Ce châle... je le reconnais !... c'est le sien... le sien, vous dis-je !

LA FROCHARD, voulant le reprendre.

Du tout ! du tout ! c'est à moi ! c'est...

HENRIETTE.

Et ce fichu... à votre cou...

LA FROCHARD, se troublant.

Hein ! quoi.

HENRIETTE.

Ce fichu... brodé par moi... pour elle... (Elle lui arrache le fichu.) Ah! malheureuse! vous mentiez! vous mentiez!

LA FROCHARD, à part.

Pincée ! (Haut.) Eh ben... eh ben oui, là, c'est vrai, c'est vrai, je vous voyais si tremblante que je n'osais pas vous conter toute la vérité?

HENRIETTE, vivement.

Parlez, alors, parlez !

LA FROCHAD.

C'te petite que vous cherchez, je l'avais rencontrée, je l'avais ramassée, un soir, qu'elle était perdue, dans les rues de Paris.

HENRIETTE.

Continuez, de grâce.

LA FROCHARD.

Vu que je ne pouvais pas la nourrir, elle chantait comme une petite fauvette, pour gagner son pain.

HENRIETTE.

Après... après...

LA FROCHARD.

Après?... ah! dame, la pauvre enfant! elle n'était guère faite à la vie qu'elle menait, mais le chagrin l'épuisait encore plus que la fatigue, en sorte qu'après trois mois de désespoir et de larmes... j'ai fini de chanter qu'elle a dit, et ce n'était que trop vrai; depuis deux jours, la fauvette ne chante plus.

HENRIETTE, avec désespoir.

Morte!

LA FROCHARD, à part.

Ce n'est pas moi qui l'ai dit!

HENRIETTE, chancelant.

Morte!... morte... ma... ma Louise... ma sœur! elle est... Ah!

Elle tombe évanouie.

LA FROCHARD.

Hein! évanouie! je n'y ai dit que la vérité... c'est elle qui s'est figuré le reste... Évanouie!... qu'est-ce que je vais en faire? Si elle parle! si elle nous dénonce et qu'on emmène la petite... Ah! si Jacques était là! l'appeler... mais si elle revient à elle! Bah! elle ne verra pas l'autre! vite, un bon tour de clef! (Elle donne un tour à la serrure et ôte la clef.) L'une enfermée là-haut!... et je vas enfermer l'autre en bas. Comme ça, rien à craindre, (Elle redescend.) et je ramènerai Jacques.

Elle sort. A peine est-elle dehors que la porte du grenier est agitée; doucement d'abord, puis avec plus de force, enfin la serrure tombe en dehors, la porte s'ouvre et Louise paraît.

SCÈNE VI

HENRIETTE, LOUISE.

LOUISE.

Je n'entends plus personne, et Pierre avait dit vrai, la serrure ne tenait pas. (Elle descend.) Oui, je vais suivre son conseil... m'échapper d'ici... je demanderai au premier passant qui aura pitié de moi, de me conduire à l'hôpital Saint-Louis, chez le brave médecin... Où est la porte? (Elle passe tout près d'Henriette évanouie et arrivée à la porte.) Ah! la voilà!... (Elle cherche la serrure.) Fermée... fermée!... Oh! mais je me souviens! une clef, m'a dit Pierre... là, sous ce grabat... (Elle arrive jusqu'à son lit, cherche et prend la clef.) Oui, oui, la voilà .. partons, partons vite... (Elle retourne vers la porte, se heurte contre Henriette évanouie et s'arrête effrayée, puis elle se baisse et étend la main.) Une femme... à terre... (Elle rencontre la main d'Henriette.) La main est froide!... Oh! mon Dieu! un crime qu'ils ont commis, sans doute... et ils se seront enfuis après... (Elle se met à genoux, touche la tête à Henriette, lui met la main sur le cœur.) Est-elle morte, mon Dieu!... Non... non... son cœur bat... Elle n'est qu'évanouie! madame! madame! parlez-moi! Elle ne m'entend pas... Que faire? je ne peux pas l'abandonner ainsi.

La Frochard paraît avec Jacques.

SCÈNE VII

LES MÊMES, LA FROCHARD, JACQUES, puis PIERRE.

LA FROCHARD.

Ensemble!

JACQUES, bas.

Faut les séparer... et vite.

LA FROCHARD.

Qu'est-ce que tu fais là? Comment es-tu sortie de ton grenier?

LOUISE, tremblante.

Moi, madame, je...

JACQUES.

Dépêchons... v'là l'autre qui se ranime.

LA FROCHARD, à Louise,

Remonte là-haut, et tout de suite.

LOUISE.

Mais cette femme... qui est là... malade?

PIERRE, paraît.

Une femme!

LA FROCHARD, la poussant vers l'escalier.

C'est pas ton affaire... c'est la nôtre... Allons, marche... (Elle la conduit à l'escalier.) marche donc!

Elle la fait monter jusqu'en haut et ouvre la porte pour faire entrer Louise. Au moment où celle-ci va disparaître, Henriette rouvre les yeux, l'aperçoit et pousse un cri.

HENRIETTE.

Ah!

Jacques lui met la main sur la bouche, elle se débat.

LOUISE, s'arrêtant.

Ce cri...

HENRIETTE, se dégageant à demi.

Louise... Louise...

LOUISE, repoussant la Frochard.

Henriette!... (Elle redescend l'escalier et rencontre Henriette qui, malgré Jacques, s'est élancée vers elle et la prend dans ses bras.) Ah! mon Henriette... c'est toi!

Henriette la couvre de baisers sans pouvoir parler.

LOUISE.

Ah! ma sœur! ma sœur!

PIERRE, avec joie.

Sa sœur!

HENRIETTE, les regardant.

Ah! vous êtes des misérables! Ma pauvre Louise!... dans quel état je la retrouve... oui, des misérables que je ferai punir... partons.

JACQUES, furieux en barrant le passage.

Vous ne sortirez pas.

HENRIETTE.

Vous prétendez nous retenir?

PIERRE, à la Frochard.

Les retenir de force?

LA FROCHARD.

Il faut bien, elles iraient nous dénoncer.

JACQUES.

Je ne veux pas que vous l'emmeniez d'ici.

HENRIETTE.

Mais je crierai... j'appellerai au secours!

JACQUES, hors de lui.

Essayez... nous sommes d'une famille qui tue... je vous en avertis... Aussi personne... (Montrant Louise.) ne me la prendra vivante : elle est à moi... (Saisissant Louise.) je la garde!

LOUISE, jetant un cri.

Ah!

PIERRE, s'élance entre Jacques et Louise qu'il arrache de ses bras.

Ah! c'est trop d'infamie!

Les deux femmes se tiennent embrassées.

JACQUES.

Tu oses élever la voix!

PIERRE.

Eh bien, oui, je l'ose...

JACQUES.

Contre moi?

PIERRE.

Contre toi devant qui j'ai tremblé trop longtemps... Ah! tu ne me fais plus peur... ah! c'est que te voyant grand et fort, je te croyais courageux et je tremblais devant toi, mais tu as la bassesse de menacer des femmes! Allons donc, tu es lâche, et mon courage vaut à présent plus que ta force...

LOUISE.

Bien, Pierre!

PIERRE.

Comptez sur moi, mademoiselle.

JACQUES, marchant vers lui.

Eh bien, soit, à nous deux, l'avorton, tu veux donc?..

PIERRE, le regardant froidement et en face.

Je veux que tu les laisses partir.

JACQUES.

Vraiment?

PIERRE.

Je veux t'empêcher de commettre le crime odieux que tu médites et que je lis dans tes yeux.

LA FROCHARD.

Pierre !

JACQUES, avec ironie.

Et si je refuse, qu'est-ce que tu feras?

PIERRE.

Ce que je ferai? Nous sommes d'une famille qui tue, tu viens de le dire ! Si tu portes la main sur l'une d'elles...

JACQUES.

Eh bien! quoi? après?

PIERRE, saisissant son couteau.

Je te plongerai ce couteau dans le cœur.

Malgré lui Jacques fait un mouvement.

JACQUES.

Quoi! toi, tu l'oserais?

Il s'arme du couteau qu'il porte à la ceinture de son tablier.

PIERRE.

Si j'oserais. Il connaît le secret de mon âme et il demande si j'oserais...

JACQUES.

Pour la dernière fois, songe qu'il y va de ta vie.

PIERRE.

Ou de la tienne.

LA FROCHARD.

Misérable ! deux frères.

PIERRE.

Oui, deux frères comme jadis des deux fils d'Adam, mais cette fois les rôles sont changés, et c'est Abel qui va tuer Caïn.

JACQUES.

Eh bien, nous allons voir !

Il porte un coup de son coutelas à l'épaule de Pierre dont le sang rougit la chemise.

HENRIETTE.

Ah ! il est blessé.

PIERRE, avec force.

Non.

JACQUES.

Tu as ton compte, l'avorton!

PIERRE.

Non, te dis-je, misérable; mets ma chair en lambeaux! tant
que Louise sera en danger, je ne sentirai rien...

JACQUES, s'élançant sur lui.

Eh bien! finissons-en.

PIERRE, le frappant à son tour.

Tiens donc.

Jacques tombe.

LA FROCHARD, se jetant sur son corps.

Jacques! Jacques!

PIERRE, aux deux jeunes filles.

Partez, maintenant. Partez.

LOUISE.

Mais vous, Pierre!

HENRIETTE.

Qu'allez-vous devenir?

PIERRE.

Moi, j'attends la justice.

Henriette et Louise se dirigent vers la porte.

Rideau.

CINQUIÈME ACTE

CHEZ LE COMTE DE LINIÈRES.

SCÈNE PREMIÈRE

LE COMTE, ROGER, Un Domestique.

LE DOMESTIQUE.

Monsieur le chevalier de Vaudrey.

LE COMTE, au domestique.

Faites demander à madame la comtesse si elle veut bien recevoir son neveu.

Le domestique sort.

ROGER, s'approchant.

Je vous remercie, monsieur, d'avoir deviné ma pensée. En rentrant dans cet hôtel, je n'avais qu'un désir : revoir une personne que j'aimais comme j'aimais ma mère, l'embrasser et partir.

LE COMTE.

Ce n'est pas ma volonté seule qui vous appelle ici. Là est une infortunée qui vous attend depuis trois jours et trois nuits passées dans de cruelles souffrances.

ROGER.

Vous m'effrayez, monsieur... Eh! quoi! la comtesse?

LE COMTE.

Depuis l'instant où je l'ai trouvée chez cette personne à laquelle vous sacrifiez tous vos devoirs et les plus saintes affections... depuis cet instant, une crise nouvelle, une crise terrible s'est déclarée dans la longue et pénible maladie de la comtesse. La fièvre et le délire se sont emparés d'elle. D'étranges paroles sortaient de sa bouche, si étranges et si douloureuses à la fois qu'elles faisaient éclater en moi des élans de pitié profonde ou des accès de violente colère. En sorte que je me demande s'il n'y a pas dans sa vie passée une faute que je devrais punir, ou un malheur que je dois déplorer.

ROGER.

Vous parlez de punir lorsque vous la voyez mourante!...

LE COMTE, montrant le livre.

Ah! si vous n'aviez pas arraché cette page fatale!

ROGER.

Vous me reprocheriez aujourd'hui une action coupable!

LINIÈRES.

Cette faute eût été la mienne; il fallait m'en laisser porter le poids.

ROGER.

J'en devenais le complice, monsieur, j'en partageais la honte...

LE COMTE, voyant entrer la comtesse.

C'est elle... Taisez-vous, monsieur.

SCÈNE II

Les Mêmes, LA COMTESSE.

LA COMTESSE.

Roger!

Elle lui tend les bras, il se précipite vers la comtesse, lui prend la tête et l'embrasse sans pouvoir parler.

ROGER, aide la comtesse à gagner son fauteuil où elle s'assied.

Du courage!

LA COMTESSE.

Du courage! ah! puisque je vis!

LE COMTE.

Diane...

LA COMTESSE, montrant Roger.

Je vous remercie, monsieur, de me l'avoir rendu.

ROGER.

Vous avez donc bien souffert!

LA COMTESSE.

Beaucoup... et toi aussi... tu as dû souffrir.

ROGER.

Ne parlons que de vous...

LA COMTESSE.

Je ne veux pas que tu puisses croire que je t'ai oublié, ou
que je n'ai pas tenu ma promesse. (Roger fait un mouvement.) Oh!
je puis parler devant monsieur le comte. Il m'a trouvée chez
elle!

ROGER.

Oui!... chez cette pauvre Henriette, et sa douleur ne vous
a pas attendri, monsieur.

LE COMTE, d'une voix grave.

C'est qu'une autre douleur a plus vivement ému mon âme,
bouleversé mon esprit, confondu ma raison. Oui, vous étiez
là, Diane, près de cette jeune fille, quand j'ai ordonné qu'on
l'arrêtât. Je vous ai vue tremblante, agitée, presque folle,
inconsciente de vos paroles, de vos actions, et voulant vous
précipiter dehors! Est-ce vrai, Diane?

LA COMTESSE.

C'est vrai!

LE COMTE.

Il y avait des larmes dans vos yeux, des sanglots dans votre voix, et ce n'était pas pour celle qu'on arrêtait que vous
m'imploriez... ce n'était pas pour elle que coulaient vos
larmes. Est-ce vrai? dites?

LA COMTESSE.

C'est vrai!

LE COMTE.

Mais sur qui pleuriez-vous donc alors?

LA COMTESSE, l'œil hagard et se redressant tout à coup.

Sur qui?... (Roger lui saisit la main, elle tourne lentement la tête de son
côté et après un temps et d'une voix sourde.) Ah! mon pauvre Roger!
que je voudrais être morte.

LE COMTE, s'élançant vers elle et avec douleur.

Diane! pardonnez-moi, j'ai eu tort de vous interroger!
Est-ce que vous n'êtes pas au-dessus de tous les soupçons?

La comtesse regarde encore Roger et secoue tristement la tête.

UN DOMESTIQUE, entrant.

Monsieur le docteur.

LE COMTE.

Ah! qu'il vienne! qu'il vienne vite!

SCÈNE III

Les Mêmes, LE DOCTEUR.

LE DOCTEUR, avec douceur.

Eh bien! comment! levée sans ma permission?

LA COMTESSE.

Qu'importe, docteur!

LE DOCTEUR.

Il m'importe beaucoup à moi qui avais défendu tant que cette fièvre si tenace n'aurait pas cédé... Voyons! (Il lui prend la main et secoue tristement la tête, en regardant le comte. — Bas.) Toujours et plus violente encore!

LA COMTESSE, d'une voix saccadée.

Docteur... il me semble... que le grand air... me ferait du bien.

LE DOCTEUR, étonné.

Le grand air!

LA COMTESSE.

Oui, je voudrais sortir...

LE DOCTEUR.

Sortir...

LA COMTESSE.

Je voudrais reprendre mes courses d'autrefois, monter dans les mansardes, revoir mes pauvres et d'autres encore... ceux que la misère et la faim forcent de mendier dans les rues. Je voudrais les voir tous, tous...

LE DOCTEUR.

Vous êtes hors d'état de sortir... Ne pouvez-vous pas envoyer des secours à ces malheureux?

LA COMTESSE.

Non, ce n'est pas cela... je veux les voir... Vous me dites toujours qu'il y a là un poids qui m'étouffe... ce sont des larmes qui ne peuvent pas couler... Eh bien! je crois que la vue de ces infortunés me ferait pleurer.

LE DOCTEUR.

Qu'à cela ne tienne... j'en ai de touchantes infortunes que

'je puis vous montrer... Tenez, il y a trois jours, par exemple, dans la cour de la Salpêtrière...

LA COMTESSE.

De la Salpêtrière!

Roger se rapproche. — Le comte écoute attentivement.

LE DOCTEUR.

Une douzaine de femmes ramassées dans Paris allaient être expédiées à la Guyane. Parmi ces pauvres exilées, il y en avait une, seule, abandonnée dans Paris; sa sœur, presque une enfant, dont elle était autrefois l'unique appui, se trouvait n'avoir plus d'autres ressources que de mendier en chantant dans les rues.

LA COMTESSE.

Oh! mon Dieu!

ROGER, avec émotion.

De qui parle-t-il?

LE DOCTEUR.

Et ce qui rend cette misère plus grande encore, la pauvre enfant est aveugle!

LA COMTESSE, se levant.

Oh! aveugle! aveugle!

LE DOCTEUR.

Oui, madame, et des misérables n'avaient pas craint de spéculer sur son infortune! Elle s'est échappée de leurs mains... elle s'est réfugiée auprès de moi.

LA COMTESSE, avec force.

Ah! vous ne l'avez pas repoussée?

LE DOCTEUR.

Chasse-t-on le pauvre oiseau, qui par un jour d'hiver franchit votre fenêtre? On le prend, on le réchauffe, on le ranime, et puis on lui cherche un asile, et c'est pour cela que je suis ici.

LA COMTESSE.

Achevez.

LE DOCTEUR.

Monsieur le comte, vous avez sans le vouloir contribué à ce malheur, et vous consentirez à l'adoucir.

LE COMTE.

Moi...

LE DOCTEUR.

Vous le ferez, et madame la comtesse vous y aidera, j'en suis sûr, car la voilà qui s'émeut, qui s'attendrit. Que sera-ce donc quand elle verra ma protégée tomber suppliante à ses pieds ! Allons ! vous permettez, n'est-ce pas ?

LE COMTE.

Soit ! je le permets ; amenez-la quand vous voudrez.

LE DOCTEUR.

Quand je voudrai ? Eh bien, tout de suite, alors...

TOUS.

Comment ?

LE DOCTEUR.

Monsieur le comte, je l'avais à tout hasard conduite ici. (A part.) La petite d'abord.

LA COMTESSE, hors d'elle-même.

Elle est ici... près de lui... dans la maison de mon mari...

LE DOCTEUR, allant ouvrir la porte du fond.

Venez, mon enfant, venez !

Il disparaît un moment.

ROGER, bas à la comtesse.

Oh ! madame, c'est la sœur d'Henriette.

LA COMTESSE, de même, s'appuyant sur son bras.

C'est ma fille, Roger, c'est ma fille !

ROGER, bas.

Votre fille !

SCÈNE IV

Les Mêmes, LOUISE.

LE DOCTEUR, la conduisant.

Du courage ; c'est à vous maintenant d'obtenir de monsieur le comte la grâce de votre sœur.

LOUISE, s'arrêtant.

Je tremble, je n'ose plus avancer.

LE DOCTEUR.

Allons, madame la comtesse, dites à cette pauvre petite quelques paroles d'encouragement.

LA COMTESSE.

Mais... que.. que... je... je...

LE DOCTEUR.

Est-ce que son infortune ne vous touchera pas autant que le malheur de vos autres pauvres ?

LA COMTESSE, que Roger regarde toujours avec anxiété.

Son infortune ! oh ! oui ! mon cœur en est profondément ému.

LE DOCTEUR.

Parlez-lui alors.

LA COMTESSE , très-émue.

Il faut, il faut vous rassurer, mon enfant !

LOUISE.

Ah ! (A part.) Je reconnais cette voix.

LA COMTESSE.

Vous êtes au milieu de gens qui voudraient vous voir heureuse.

LOUISE.

Madame !... madame ! je vous ai déjà rencontrée, n'est-ce pas ? vous avez eu déjà pitié de moi ?

LA COMTESSE, bas à Roger.

Ah ! elle me reconnaît ! elle me reconnaît !

LOUISE.

Oui, un jour, à la sortie de l'église, vous m'avez donné une pièce d'or en me disant : Priez pour moi ! Madame, et c'est ici que je vous retrouve... Mais vous êtes donc ?...

LA COMTESSE.

Je suis la comtesse de Linières.

LOUISE.

Alors une fois encore, tendez-moi une main secourable... (Elle lui tend la main.) Conduisez-moi auprès de monsieur le comte, afin que je le supplie humblement et qu'il m'accorde la grâce de mon Henriette.

Après s'être approchée d'elle, la comtesse saisit la main de Louise, s'arrête un instant chancelante, puis se redressant, elle la conduit devant le comte.

LA COMTESSE.

A genoux, mon enfant, à genoux.

8

LOUISE, s'agenouillant.

Ayez pitié, monsieur le comte.

LA COMTESSE, tombant à genoux.

Pitié, ayez pitié !

LOUISE.

Ma sœur est innocente, monsieur ; accordez-moi sa grâce et nous vous bénirons comme notre sauveur.

LE COMTE, signant un papier.

La grâce de votre sœur ?

ROGER.

Que va-t-il faire ?

LE COMTE.

Tenez... tenez, la voilà... Docteur, vous mettrez vous-même le nom de votre protégée.

LE DOCTEUR.

C'est convenu.

Il prend le papier tandis que Roger relève la comtesse.

LOUISE.

Ah ! monsieur, laissez-moi baiser vos mains.

LE COMTE.

Je ferai expédier cet ordre. Il partira dès ce soir.

LE DOCTEUR.

Pour votre antichambre. Oh ! je l'y porterai moi-même.

LE COMTE.

Je ne comprends pas.

LE DOCTEUR.

Ma foi, monsieur le comte, j'ai pris la liberté d'amener aussi celle-là !

Il va à la porte du fond et fait signe à Henriette d'entrer.

SCÈNE V

LES MÊMES, HENRIETTE.

HENRIETTE.

Si je vous fais appeler, m'avez-vous dit, c'est que vous aurez votre grâce.

LOUISE.

Henriette, remercie nos bienfaiteurs !

HENRIETTE, apercevant le chevalier.

Ciel!

LE COMTE, avec force.

Qu'ai-je vu?... C'était cette femme... c'était...

ROGER, s'avançant vers Henriette.

Celle que j'aime! celle que j'aimerai toujours, monsieur, je le jure!

LE COMTE.

Eh bien, je vous jure, moi...

HENRIETTE.

Attendez, monseigneur, attendez, et daignez m'écouter... (Se tournant vers Roger.) Roger, il y a désormais entre nous une barrière infranchissable. Oubliez-moi! car mon devoir maintenant est de vivre pour elle, pour elle seule! Je vous remercie, monseigneur, de m'avoir rendu cette moitié de ma vie; pour ce bienfait je vous sacrifie l'autre; vos ordres seront respectés, monseigneur, Louise et moi nous allons partir...

LA COMTESSE.

Partir!

HENRIETTE.

Vous ne nous reverrez plus, nous disparaîtrons pour toujours.

ROGER.

Henriette!

LA COMTESSE, avec douleur.

Pour... pour toujours, a-t-elle dit?

LE COMTE.

Soit... à ce prix je ne révoquerai pas cette grâce... Partez donc, mademoiselle.

LOUISE et HENRIETTE, s'éloignant.

Adieu! adieu!

LA COMTESSE, avec désespoir.

Non... arrêtez! je ne veux pas, je ne veux pas! (Portant la main à son cou.) Ah! j'étouffe! ah! je meurs! je meurs!

Elle tombe évanouie.

LE COMTE, s'élançant vers elle.

Ciel!

ROGER, même jeu.

Grand Dieu!

LE DOCTEUR, les repoussant.

Attendez !

Il examine la comtesse, puis lui met la main sur le cœur.

LE COMTE, avec anxiété.

Eh bien, docteur ?

LE DOCTEUR, bas.

C'est comme un coup de foudre qui l'a frappée... et... je ne puis rien dire.

LE COMTE.

Qu'avons-nous donc à redouter ?

LE DOCTEUR, au comte et à Roger.

Tout. Si cet événement se prolonge, si cette douleur secrète qui la brise ne disparaît pas enfin...

Il retourne auprès de la comtesse.

LE COMTE, saisissant le bras de Roger.

Et c'est vous, monsieur, qui avez hâté sa mort !

ROGER.

Moi ?

LE COMTE.

Vous qui m'avez dérobé ce secret qui la tue.

Roger tremblant porte la main à sa poitrine et tire de son habit un papier qu'il déplie lentement et le place sous les yeux du comte.

ROGER.

Eh bien ! cette page arrachée par moi, lisez-la donc, monsieur...

LE COMTE.

Ah !

Il lit.

ROGER.

Lisez, mais souvenez-vous du passé, souvenez vous de ses prières à elle et de ses larmes au jour de vos fiançailles.

LE COMTE, avec colère et d'une voix sourde.

Ah ! déshonoré ! trahi ! trompé par elle !

ROGER.

Non par elle, mais par ceux qui avaient fait de son silence une question de vie ou de mort pour son enfant!

LE COMTE, avec amertume.

De son enfant?

ROGER.

Dont elle a été séparée pendant treize années et que Dieu lui-même vient de ramener près d'elle.

Il lui montre Louise.

LE COMTE.

Cette fille ! cette mendiante ! ah !

Il tombe assis et cache sa tête dans ses mains. En ce moment, la comtesse qui a repris connaissance se relève lentement, à demi, regarde autour d'elle et aperçoit les deux jeunes filles restées auprès de la porte.

LA COMTESSE, avec joie.

Ah ! (Puis tournant les yeux du côté de son mari.) Monsieur le comte, (Le comte la regarde.) vous avez donc permis qu'elles ne partent pas tout de suite ?

LE COMTE, avec énergie.

Moi ?

ROGER, bas.

C'est son arrêt que vous allez prononcer.

LE COMTE.

Je l'ai permis, madame.

LA COMTESSE.

Ah !

LE COMTE.

J'ai compris qu'une éternelle séparation amènerait ici... (Montrant Roger.) une éternelle douleur.

LA COMTESSE, bas.

Oh ! oui ! oui !

LE COMTE.

Je sais, Diane, toute votre tendresse pour ce fils de votre sœur, et vous voyant si désespérée de son malheur, j'ai imposé à mon âme, au juste orgueil de ma maison, un bien grand sacrifice... Ces... jeunes filles ne partiront pas.

LA COMTESSE, avec joie.

Elles ne partiront pas.

HENRIETTE.

Monsieur !

LE COMTE.

Je consens, mademoiselle, à votre mariage avec le chevalier, mon neveu.

HENRIETTE, allant vers lui.

Ah ! monseigneur ! monseigneur !

ROGER.

Monsieur le comte !

Il lui serre la main.

LE COMTE.

En sorte que la voilà de nouveau sans appui, cette pauvre orpheline ! (Il va prendre Louise par la main.) Et, si vous le voulez, madame, eh bien !... (Avec effort.) nous l'adopterons.

LA COMTESSE, avec joie.

Ah !

LE COMTE.

Elle sera notre fille !

LOUISE.

Moi, votre fille !...

LA COMTESSE, à genoux, baisant les mains du comte et à voix basse.

Ah ! monsieur, monsieur ! vous savez tout !

LE COMTE, déchirant le papier.

Et je veux tout oublier ! (A la comtesse.) Embrassez-la donc, madame !

La comtesse embrasse Louise en pleurant.

LE COMTE.

Et... appelez-la... votre fille !

LA COMTESSE.

M af .. ma... (Sanglotant.) Ah ! ma fille ! ma fille !

LE DOCTEUR.

Ah ! les voilà enfin, ces bonnes larmes tant désirées.

LOUISE.

Ah ! madame, si je pouvais vous voir !

LE DOCTEUR.

Vous la verrez ! j'en fais mon affaire...

LA COMTESSE.

Quoi ? docteur, vous pourriez...

LE DOCTEUR.

Je la soignerai, madame, Dieu la guérira !

FIN

CLICHY. — Imp. PAUL DUPONT, 12, rue du Bac-d'Asnières

EN VENTE
A LA MÊME LIBRAIRIE

LA MAITRESSE LÉGITIME
Comédie en quatre actes.......................... 2 »

LES DEUX ORPHELINES
Drame en cinq actes.............................. 2 »

TOUS DENTISTES
Vaudeville en un acte............................ 1 50

RETOUR DU JAPON
Comédie en un acte............................... 1 50

LES LUNATIQUES
Comédie en un acte............................... 1 »

LA REVUE A LA VAPEUR
Actualité parisienne en un acte.................. 1 50

LES BIBELOTS DE PARIS
Revue en deux actes.............................. 1 50

DE DEUX HEURES A QUATRE
Vaudeville en un acte............................ 1 50

CALINO AMOUREUX

Opérette en un acte .... 1 »

LE TRAQUENARD

Comédie-vaudeville en un acte.................... 1 »

LA MALLE DES INDES

Revue en trois actes et 18 tableaux................. » 50

MADAME MASCARILLE

Comédie en un acte, en vers libres................. 1 50

GIROFLÉ-GIROFLA

Opéra-bouffe en trois actes .... 2 »

LES PETITS-FILS DE MÉNÉLAS

Vaudeville en trois actes 1 50

LES BÊTES NOIRES DU CAPITAINE

Comédie en quatre actes......................... 2 »

LE PAN DE ROBE

Comédie en un acte 1 50

CLICHY. — Imp. PAUL DUPONT, 12, rue du Bac-d'Asnières